# Der alte Mann und die Liebe

## Von der Kunst das Herz zu öffnen

Philipp Sommer

ISBN: 9798789465653

Lektorat und Korrektorat: Tania Glaser

Covergestaltung © 2021 Philipp Sommer
Foto: Georgios Tsichlis, Shutterstock
Motiv: Die Bucht von Glyka Nera, Kreta

*„Selbst Götter zwingt der Liebe Macht."*

Seneca

*Für Tania*

*

Die Mittagssonne strahlte ihm warm ins Gesicht, als Ben Schilling den Terminal des Flughafens durch die Drehtür verließ. Berlin nahm ihn entschieden heiterer in Empfang, als es ihn vor drei Wochen verabschiedet hatte. Er stieg in das vorderste der wartenden Taxis, nahm auf der Rückbank Platz und nannte dem Fahrer seine Adresse im Bezirk Zehlendorf.

Während der Wagen über die Autobahn glitt, genoss Ben das Stadtpanorama, und bald wurde ihm bewusst: Es lag keineswegs nur am sonnigen Frühlingswetter, dass die Metropole ihm so freundlich erschien. Vielmehr spürte er ein wohliges Gefühl in sich selbst. Als sein Blick am Rückspiegel hängen blieb, sah er darin sein eigenes gelöstes Lächeln, das ihn so erheiterte, dass er noch breiter grinsen musste.

„Hattense nen schönen Urlaub?", fragte der Fahrer mit einem gewissen spöttischen Unterton, ein untersetzter Endfünfziger mit randloser Brille und weißer Basecap. Offenbar hatte er Bens kleinen Flirt mit sich selbst mitbekommen. Sein anlassloses Grinsen musste auf ihn leicht debil gewirkt haben.

„Ja, danke!", erwiderte er peinlich berührt.

„Wo warn se denn jewesen?"

„Auf Kreta!"

„Und? Schön?"

„Toll!", gab Ben zurück. „Eine Trauminsel – besonders im Frühling, wenn alles blüht. Kann ich nur empfehlen."

Brummend nickte der Fahrer, und wie es schien, war ihm keineswegs daran gelegen, die Unterhaltung fortzuführen, dabei wäre Ben durchaus zu einer Plauderei aufgelegt gewesen. Stattdessen sah er wieder aus dem Fenster und ließ seine Reise vor dem inneren Auge Revue passieren. Er dachte daran, wie miserabel seine Stimmung gewesen war, als er Berlin vor drei Wochen fluchtartig verlassen hatte. Und wie wohltuend so ein Tapetenwechsel wirken konnte!

Aber was wäre diese Reise gewesen ohne die Begegnung mit Max! Ben dachte an die erstaunliche, mitreißende Lebensfreude dieses alten Mannes, die ihn nach und nach angesteckt und vitalisiert hatte. Was hatte er für ein Glück gehabt, diesem außergewöhnlichen Menschen zu begegnen! Und was für eine bemerkenswerte Lebensgeschichte er ihm offenbart hatte! Dass er es geschafft hatte, sich ein glückliches Leben aufzubauen, nachdem er jahrelang als obdachloser Säufer auf der Straße vegetiert hatte!

Ben fühlte sich privilegiert, dass Max so eine Fülle von Erfahrungen, Tipps und Erkenntnissen mit ihm geteilt hatte. Es war wie eine Infusion Hoffnung und Lebensfreude gewesen.

Und noch etwas hatte der Alte geschafft, etwas, das noch niemandem zuvor gelungen war: Zum ersten Mal hatte Ben sich geöffnet und nicht nur über seine persönlichsten Angelegenheiten gesprochen, sondern auch über das Trauma seiner Kindheit. Ben musste wieder grinsen, als er daran dachte, wie Max mit seinen schlitzohrigen Tauschgeschäften immer mehr Details aus ihm herausgelockt hatte – bis er schließlich bei einer gründlichen Inventur sein gesamtes Innenleben vor ihm ausgebreitet hatte.

Als er daran dachte, spürte Ben, wie ein beklemmendes Gefühl ihn überkam. Was für eine riesige Baustelle sein Leben war! Wie viel bei ihm im Argen lag! Er musste sich eingestehen, dass er ein veritabler Workoholic geworden war – und die Arbeit sein einziger, im Grunde sinnloser Lebensinhalt. Von den oberflächlichen Beziehungen bei der Arbeit abgesehen lebte er isoliert und ohne emotionale Verbindung mit anderen Menschen. Und seit seine Ex-Verlobte ihn vor fünf Jahren mit seinem besten Freund betrogen hatte, war er ein verbitterter Single geblieben.

Um all das zu vergessen, trank er zu viel Alkohol – und war wohl auf dem besten Weg, eine handfeste Sucht zu entwickeln. Kein Wunder, dass er in den letzten Jahren verstimmt, depressiv und nun kurz vor dem Burnout war. Es war allerhöchste Zeit, etwas zu verändern, und er war entschlossen, es anzupacken und seine Existenz in eine neue Richtung zu lenken. Max war ihm genau im richtigen Moment über den Weg gelaufen! Noch war der alte Mann auf Kreta, aber in einer Woche würde er zurückkehren nach Berlin.

Erneut spürte Ben eine Welle der Beklemmung durch seine Brust fahren. Es gab so viel zu tun, so viel in Ordnung zu bringen, und das machte ihm Angst. Dann fiel ihm wieder ein, was Max gesagt hatte, etwas, das ihm Mut und Zuversicht gegeben hatte:

*Konzentriere dich immer nur auf die Aufgaben, die heute zu erledigen sind. Schau nicht auf den mächtigen Berg, der vor dir liegt. Denk immer nur an den nächsten Schritt. Nur das Heute zählt!*

Und tatsächlich merkte Ben, wie sich seine Beklemmung bei diesem Gedanken wieder einigermaßen löste. Außerdem hatte er Max als einen neuen, väterlichen Freund gewonnen, und der hatte ihm versprochen, ihn zu begleiten und für ihn da zu sein.

Trotzdem: Es war in der Tat ein mächtiger Berg, den er zu besteigen hatte, und Ben wurde klar, dass er vor der größten Herausforderung seines Lebens stand...

*

Er schloss seine Wohnungstür auf, trat ein, stellte seinen Koffer ab, durchschritt die Räume und vergewisserte sich, dass alles in Ordnung war. Merkwürdig... alles sah so aus, wie er es zurückgelassen hatte, und doch fühlte er sich fremd – als hätte er die Wohnung eines anderen betreten.

Dann packte er seinen Koffer aus und richtete sich wieder häuslich ein. Schließlich holte er das Notizbuch hervor, das Max ihm geschenkt hatte. Lächelnd betrachtete er den edlen Einband aus dunkelbraunem Leder. Ihm kam es vor, als wäre es gestern gewesen, dass er mit Max auf der Balkonterrasse des Hotels gesessen, über die sieben Säulen des Glücks geredet und dann die Inventur seines Lebens hier hineingeschrieben hatte. Wieder machte sich diese Beklommenheit in seinem Inneren breit, als er all seine Probleme in geballter Form Schwarz auf Weiß geschrieben vor sich sah:

Seine Depression, sein unverarbeitetes Kindheitstrauma, sein ungesunder Alkoholkonsum, seine schlechte Ernährung, der Mangel an Sport, sein übermäßiges Glotzen von Netflixserien: Säule Nummer 1 – Gesundheit.

Dann war da seine soziale Isolation und die unverarbeitete Trennung von seiner Ex-Verlobten: Säule Nummer 2 – soziale Beziehungen.

Des Weiteren gab es auch beim Thema Finanzen eine Schieflage – denn die hohen Ausgaben für seinen BMW und für diverse andere entbehrliche Annehmlichkeiten zwangen ihn dazu, viel zu arbeiten – was ihm bislang durchaus nicht unwillkommen gewesen war, da er sich ja mit der vielen Arbeit erfolgreich von seinen wahren Lebensproblemen hatte ablenken können. Kurz: Auch das war eine Baustelle, die Säulen Nummer 3 und 4 – Beruf und Finanzen.

Auch seine Freizeitgestaltung war ein Problem – denn außer Serienglotzen und Alkoholtrinken gab es da nichts. Es galt, sein Leben mit sinnvollen Aktivitäten zu füllen: Säule Nummer 5 – Freizeit.

Und dann war er seit fünf Jahren Single. Die Erfahrung mit seiner Ex-Verlobten hatte ihn so geschmerzt, dass er sich unfähig fühlte, sich jemals wieder zu öffnen. Er musste schlucken, als er daran dachte: Säule Nummer 6 – Liebe.

Zu guter Letzt war da noch der Punkt mit dem Lebenssinn. Klar war, dass es in seinem Dasein weit und breit nichts zu erkennen gab, was auch nur annähernd als Sinn gelten konnte. Im Grunde hatte er sich all die Jahre immer wieder gefragt, wozu er „all das" überhaupt machte, hatte aber keine Antwort gefunden und die Frage daher wieder verworfen. Aber Max hatte ja erzählt, dass auch er sich seinerzeit mit diesem Punkt schwer getan hatte, und Ben wollte sich vorläufig nicht auch noch damit belasten: Säule Nummer 7 – Lebenssinn.

Da war er also – der Berg Probleme, der bereits auf Kreta bei Ben für Schnappatmung gesorgt hatte. Aber Max hatte es nicht dabei belassen. Er hatte sich sogleich mit Ben Gedanken darüber gemacht, welche Lösungen es für diese Probleme gab. Er blätterte weiter und fand die Prioritätenliste, die er mit Max erarbeitet hatte. *Du musst nicht alles auf einmal schaffen*, hatte sein Mentor gesagt. *Nimm dir immer nur so viel vor, wie du ohne großen Stress bewältigen kannst.*

Ganz oben auf der Liste stand: Professionelle Hilfe suchen. Damit konnte er gleich heute anfangen – und genau das nahm Ben sich vor.

Dann war da die Sache mit den Finanzen und den hohen Ausgaben, allen voran den Leasingraten für seinen BMW. Das war leicht. Im Grunde musste er nur den Entschluss fassen, auf ein so kostspieliges Auto zu verzichten und auf ein kleineres umzusteigen. Sein Leasingvertrag lief noch ein halbes Jahr. Dann erst hatte er die Möglichkeit zu wechseln, und er war entschlossen, das auch genauso zu machen.

Außerdem konnte er sich nach einer preiswerteren Wohnung umsehen. Bei diesem Gedanken allerdings wurde ihm mulmig zumute, denn er hing sehr an seinem Zuhause. So beschloss er, diese Sache zu vertagen und sich den Dingen zu widmen, die eine höhere Priorität hatten.

Und zwar war da ein Punkt, der sicherlich dringend erhöhte Aufmerksamkeit erforderte: Seine Beziehung zum Alkohol. In den Gesprächen mit Max war ihm klar geworden, dass sein tägliches Trinken ihm allzu viel Energie raubte – und auch das Risiko barg, in eine massive Sucht abzurutschen. Damit wollte er aufräumen. Und das wollte er noch heute angehen.

Er schloss das Notizbuch, atmete durch und dachte nach. Schließlich fasste er den Plan, in den kommenden vier Wochen keine Job-Aufträge anzunehmen und sich voll darauf zu konzentrieren, sein Leben umzukrempeln. Zum Glück hatte er dafür genügend Rücklagen. Dann setzte er sich an den Computer und begann seine Recherchen in Sachen Therapie und Suchtberatung.

*

Er brauchte nicht allzu lange zu suchen, um eine Lösung zu finden, die für ihn wie maßgeschneidert schien: Im Nachbarbezirk gab es eine Suchtberatungsstelle, die ambulante Entwöhnungstherapie anbot. So konnte er zwei Fliegen mit einer Klappe schlagen: Sich um sein Alkoholproblem kümmern – und zugleich eine Therapie machen. Die Frage war allerdings: War er wirklich ein so süchtiger Alkoholiker, dass er das überhaupt in Anspruch nehmen durfte?

Er rief dort an und vereinbarte einen Termin für den übernächsten Tag.

Als sich Ben zur vereinbarten Zeit an der Beratungsstelle einfand, war er positiv überrascht: Die Einrichtung war auf einem ansprechenden grün bewachsenen Grundstück angesiedelt, neben dem Eingang konnte er in einen großzügigen Garten blicken. Dort saß auf einem gepflegten Rasen neben einem blühenden Apfelbaum etwa ein Dutzend Leute im Kreis auf Stühlen. Ein Mann etwa in seinem Alter sagte etwas, worauf die Gruppe herzlich lachte. Was dort gesprochen wurde, konnte er nicht verstehen, es war aber offensichtlich, dass eine heitere Stimmung herrschte. *Wenn das eine Gruppentherapie ist,* dachte Ben, *kann das ja nicht so übel sein.*

Er betrat das Gebäude und fand direkt die Anmeldung: ein kleiner Raum mit Tresen, hinter dem eine rundliche Frau mittleren Alters saß und ihn freundlich empfing. Sie reichte ihm ein Klemmbrett mit Fragebogen, den er ausfüllen sollte, und bat ihn, im Wartebereich Platz zu nehmen. So tat Ben und widmete sich dem Papier, auf dem er allgemeine Angaben zu seiner Person machen sollte sowie zu seinem Gesundheitszustand und seinem Alkoholkonsum.

Nachdem er das erledigt hatte, musste er einige Minuten warten, bis ein hochgewachsener, schlanker Mann mit blonden Haaren und adrettem Seitenscheitel erschien und ihn bat, ihm zu folgen. Durch einen Flur gingen sie in sein Büro, in dem ein Schreibtisch stand sowie zwei bequeme Sessel, die sich gegenüberstanden, dazwischen ein kleiner Tisch, auf dem eine Taschentuchbox bereit stand. Offensichtlich wurde hier eine Menge geweint.

Sie nahmen einander gegenüber Platz.

„Erst einmal herzlich willkommen!", sagte der Mann mit einem breiten, gewinnenden Lächeln. „Mein Name ist Seidel, ich bin Therapeut."

„Freut mich, Schilling mein Name."

„Wie ich sehe, haben Sie den Fragebogen schon ausgefüllt."

Ben bejahte und reichte seinem Gegenüber das Klemmbrett mit dem Papier.

„Danke!", sagte Seidel, warf einen Blick darauf, nickte und fuhr dann fort:

„Nun, Herr Schilling, was führt Sie zu uns?"

„Naja...", begann Ben. „Ich habe in letzter Zeit über meinen Umgang mit Alkohol nachgedacht und überlege, ob ich damit ein Problem habe."

„Das ist schon mal sehr gut!", lächelte der Therapeut. „Und da sind Sie bei uns genau richtig!"

„Hoffentlich!", lachte Ben und fuhr fort: „Ich interessiere mich für die ambulante Therapie, die Sie anbieten – ich bin nur nicht ganz sicher, ob ich dafür... sagen wir: qualifiziert bin. Also, ob ich süchtig genug bin für eine Suchttherapie."

Seidel lachte und gab zurück:

„Das werden wir sehen. Dann erzählen Sie doch mal von sich und Ihrem Alkoholproblem."

Ben räusperte sich und schilderte, was er auch Max erzählt hatte: Dass er abends ein, zwei Gläser Wein trank und zu besonderen Anlässen auch mal mehr.

Weiterhin befragte der Therapeut ihn zu seiner Lebenssituation, und Ben gab ihm einen groben Abriss der zahlreichen Baustellen in seinem Leben.

„Was hatten Sie für eine Kindheit?", fragte Seidel schließlich. Ben fing an, unruhig auf dem Sessel herumzurutschen.

„Eine ganz normale, würde ich sagen", erwiderte er und räusperte sich erneut.

Der Therapeut sah ihn prüfend an und gab zurück: „Aber irgendwas gibt es da, oder?"

Ben spürte, wie sich sein Inneres zusammenkrampfte, und er schwieg zunächst. Aber dann dachte er daran, wie er Max von seinem Kindheitstrauma erzählt hatte – und dass es ihm gut getan hatte, darüber zu sprechen. Schließlich fasste er sich ein Herz und erzählte, dass seine Eltern oft Streit gehabt hatten, dass er als Kind ständig in Angst gelebt hatte, vor allem vor seinem cholerischen Vater, und dass seine Mutter schließlich an einem Schlaganfall verstorben war, wofür seine Tante seinem Vater die Schuld gegeben hatte, und dass dieser schließlich psychisch krank geworden und aus Bens Leben verschwunden war.

Seidel sah ihn voll Mitgefühl an, und die beiden schwiegen eine Weile lang, bis der Therapeut sagte:

„Da haben Sie ein ganz schönes Päckchen zu tragen. Es ist gut, dass Sie hergekommen sind. Höchste Zeit, dass Sie die Unterstützung bekommen, die Sie brauchen. Und was Ihren Alkoholkonsum betrifft, kann ich Ihnen jetzt schon sagen, dass Sie ganz sicher qualifiziert sind für eine Suchttherapie. Man muss nicht erst unter der Brücke schlafen, um Alkoholiker zu sein, wie viele Leute denken. Schon ein – in Anführungsstrichen – mäßiger Konsum wie Ihrer kann Krankheitswert haben und ist allemal gesundheitsgefährdend und riskant. Wenn Sie sich für die Therapie entscheiden, dann können wir bereits kommende Woche anfangen. Ich wäre dann auch Ihr Therapeut. Wir müssten noch einen Antrag bei der Rentenversicherung stellen, aber das dürfte kein Problem sein."

„Gut. Dann machen wir das so!"

Er holte ein Notizbuch hervor, machte mit Ben Termine aus für mehrere Einzelgespräche und gab ihm Tag und Uhrzeit der wöchentlichen Gruppentherapie.

„Muss ich dann eigentlich jetzt sofort aufhören mit dem Trinken?", wollte Ben wissen.

„Sie *müssen* gar nichts. Aber ich würde Ihnen das dringend empfehlen. Viele Klienten schicken wir zur Entgiftung ins Krankenhaus, wenn mit schweren Entzugserscheinungen zu rechnen ist. Bei Ihnen mache ich mir deswegen keine Sorgen. Aber stellen Sie sich darauf ein, dass Sie es mit einigen Symptomen zu tun bekommen werden."

„Was könnte das sein?"

„Zittern. Unruhe. Schweißausbrüche. Herzrasen. Schlaflosigkeit."

Ben nickte.

„Die ersten Tage sind die schlimmsten. Dann wird es besser. In jedem Fall ist ein Besuch bei unserem Arzt obligatorisch. Der kann Ihnen bei Bedarf auch ein Medikament verschreiben, das den Entzug lindert."

„Okay", erwiderte Ben.

Seidel bedankte sich bei ihm für seine Offenheit, wünschte ihm alles Gute für die nächsten Tage und begleitete ihn zur Tür.

*

An diesem Abend verzichtete Ben auf seinen gewohnten Wein. Er hatte ein mulmiges Gefühl dabei, denn das, was der Therapeut gesagt hatte, war nicht sonderlich ermutigend gewesen. Und er sollte Recht behalten: Nachdem Ben sich zum Schlafen hingelegt hatte, wälzte er sich stundenlang unruhig hin und her, stand immer wieder schweißgebadet auf, um ein Glas Wasser zu trinken und legte sich dann zurück ins feuchte Bett. Ihm war klar: Das waren zwar keine massiven Entzugserscheinungen, trotzdem fühlte es sich unangenehm an und war wie eine kleine Folter.

Erst am frühen Morgen, als schon die Vögel ihr Morgenkonzert begonnen hatten, fiel er in einen unruhigen Schlaf voll verrückter Träume. Am folgenden Tag fühlte er sich gerädert und hatte durchgängig eine nervöse Unruhe in sich. Falls er noch einen Beweis dafür gebraucht hatte, dass er alkoholabhängig war, dann war dieser Entzug das, was allenfalls noch gefehlt hätte. Wenn das ein leichter Entzug war, dachte Ben, wie war dann wohl ein schwerer? Er wollte es sich lieber nicht vorstellen.

Den obligatorischen Arztbesuch brachte er am folgenden Tag hinter sich. Zum Glück war alles in Ordnung mit ihm, außer dass der Arzt bei der Ultraschalluntersuchung eine beginnende Fettleber feststellte, die in diesem frühen Stadium jedoch noch nicht bedenklich war. Das würde aber nicht immer so bleiben, mahnte der Arzt. Wenn er weiter trank, könne sich daraus eine lebensbedrohliche Leberzirrhose entwickeln.

Ben hatte mit der Idee geliebäugelt, sich besagtes Medikament verschreiben zu lassen, verzichtete dann aber darauf. Er wollte es aus eigener Kraft schaffen.

Mit den unangenehmen Entzugserscheinungen ging es auch in den kommenden zwei Tagen und Nächten weiter, aber dann, in der vierten Nacht, wurde es besser: Ben schlief einigermaßen zeitig ein und wachte am nächsten Morgen wohlig ausgeruht auf, und die Unruhe hatte sich spürbar verflüchtigt.

Mit einem Lächeln auf den Lippen startete er in den Tag. Heute stand auch seine erste Therapiesitzung an. In aufgeräumter Stimmung machte er sich frisch, gönnte sich ein entspanntes Frühstück und machte sich dann auf den Weg zur Beratungsstelle.

Mit Seidel besprach er zunächst ausführlich seine Entzugserscheinungen, und dann sollte er beschreiben, was er in den vergangenen Tagen am meisten vermisst und welche Bedeutung der Alkohol für ihn hatte. Ben musste nicht lange nachdenken: Für ihn war der Alkohol vor allem ein Mittel zum Entspannen und seine Gedanken abzuschalten. Seidel erklärte ihm, dass es normal sei, dass der Entzug auf der körperlichen Ebene üblicherweise nervöse Unruhe mit sich bringe; und in seinem Fall käme nun auch noch die fehlende *psychische* Entspannung dazu, weshalb die letzten Tage besonders unangenehm gewesen seien. Er dürfe aber zuversichtlich sein, dass es immer besser gehen und er sich zusehends entspannen würde.

Schließlich besprach Seidel mit ihm den Plan für die folgenden Monate der Therapie. Sie würden sich vorrangig intensiv mit Bens Trinkverhalten beschäftigen, Strategien gegen etwaige Rückfälle ausarbeiten, würden aber auch Bens Vergangenheit unter die Lupe nehmen.

Zwei Tage später ging er erneut zur Beratungsstelle. Seine erste Gruppentherapie stand an. Wie er es bei seinem vorigen Besuch beobachtet hatte, fand die Sitzung im Garten statt. Als er eintraf, saßen dort außer Herrn Seidel bereits fünf Personen: Drei Männer und zwei Frauen zwischen Mitte dreißig und Ende Fünfzig. Sie begrüßten Ben freundlich und begannen gleich einen Small Talk mit ihm. In den folgenden Minuten stießen noch zwei Männer und eine Frau dazu.

Als alle da waren, begann Seidel die Sitzung und schlug vor: Da die Gruppe ein neues Mitglied hatte, sollten sich alle reihum vorstellen und in groben Zügen erzählen, wer sie waren und was sie in die Therapie geführt hatte. Außerdem sollten alle der Reihe nach kurz anreißen, was sie in der letzten Woche beschäftigt hatte. Im Anschluss sollte abgestimmt werden, welche Themen in der heutigen Sitzung besprochen werden sollten.

So wurde es gemacht. Drei der Mitglieder erzählten davon, dass sie vergangene Woche starken „Saufdruck" gehabt hätten, wie sie es nannten. Daraus ergab sich, dass die Gruppe im Anschluss an die Vorstellungsrunde über das Thema Trinkverlangen sprach. Die Mitglieder tauschten sich aus, welche Mittel es gab, damit umzugehen, um einen Rückfall zu verhindern. Viele Punkte, die hier zur Sprache kamen, kannte Ben schon aus seinen Gesprächen mit Max: mit jemandem reden, sich ablenken, einen strammen Spaziergang machen, Sport treiben, einem Hobby nachgehen und Einiges mehr.

Ganz anders als erwartet empfand Ben es als wohltuend, mit Menschen zusammenzusitzen, die sich offen über ihre Probleme austauschten und sich gegenseitig unterstützten. Zudem war die Mehrzahl der Leute Ben durchaus sympathisch, und so verließ er die Sitzung mit einem hoffnungsvollen Gefühl.

Zuhause angekommen wartete etwas anderes Erfreuliches auf ihn: Sein Handy klingelte, es war Max.

„Hallo mein Lieber, ich bin heute zurück gekommen und wollte mich direkt mal bei dir melden. Wie geht es dir?", fragte der Ältere gut gelaunt.

„Mir geht es gut“, antwortete Ben. „Und dir? Wie war deine letzte Woche auf Kreta?“

„Traumhaft natürlich! Ich habe noch Einiges erlebt, aber das kann ich dir ja mal in Ruhe erzählen.“

„Gerne“, gab Ben zurück. „Übrigens hatte ich heute meine erste Gruppentherapie.“

„Na, herzlichen Glückwunsch!“

Daraufhin erzählte Ben, was er in den vergangenen Tagen auf den Weg gebracht hatte – und bedankte sich dafür, dass Max ihn dazu ermutigt hatte.

„Das habe ich gerne gemacht“, erwiderte der Ältere. „Hör mal, ich würde dich sehr gerne zum Kaffee einladen. Wie sieht es bei dir aus, arbeitest du schon wieder?“

„Nein, ich habe mir eine Auszeit genommen.“

„Das ist sehr gut! Dann hast du ja Zeit. Hast du morgen schon was vor?“

„Noch nicht.“

„Dann würde ich mich sehr freuen, wenn du um 15 Uhr zu mir kämst. Bei der Gelegenheit kannst du direkt mal meine Mutter kennen lernen. Die wohnt ja, wie du weißt, auch bei mir.“

„Ach ja. Sehr gerne! Ich freu mich drauf!“

*

Tatsächlich war Ben mehr als gespannt, die betagte Dame kennenzulernen. Stolze 94 Lenze zählte sie. Das bedeutete, dass sie 1927 geboren worden war, überlegte Ben – in der Weimarer Republik!

Die beiden wohnten im Bezirk Nikolassee, unweit vom Wannsee. Ben parkte seinen BMW und schaute sich um. Die Gegend war angenehm ruhig und grün. Kastanien säumten das schmale Sträßchen, und Ben lief an einigen gepflegten Vorgärten vorbei, in denen Flieder, Rhododendren und andere Blühsträucher für eine malerische, farbenfrohe Atmosphäre sorgten. Bald hatte er die Adresse erreicht. Es war eine schmucke dreistöckige weiße Villa mit grünen Fensterläden, deren Fassade zu einem guten Drittel von Wein überrankt war.

Ben öffnete das schmiedeeiserne Gartentor, lief über einen knirschenden Kiesweg zu der kleinen Treppe, die zur Haustür führte. Oben angelangt sah er drei Klingelknöpfe, der unterste trug Max' Namen: Winterfeld. Er drückte ihn, und kurz darauf ertönte ein Summer. Ben betrat das schmucke Treppenhaus, in dem es nach altem Holz und Flieder roch. Eine antike Treppe, offenbar aus Eiche, führte in die oberen Geschosse. Gegenüber öffnete sich eine Wohnungstür. Max breitete seine Arme aus und sagte:

„Willkommen, mein Lieber! Ich freue mich sehr, dich zu sehen!"

„Hallo Max, ich freu mich auch!"

Der Ältere drückte Ben fest an sich und sagte dann:

„Aber komm doch bitte rein!"

Ben trat ein und sah sich um. Von einem langen luftigen Korridor aus ging es ins Wohnzimmer. Was Ben sofort auffiel, war die Mischung aus angejahrten Stilmöbeln, die gut und gerne über hundert Jahre alt sein mochten und aktuellen Design-Stücken in Weiß.

So stand vor dem grünen Chippendalesofa ein weißer Couchtisch und neben dem Gründerzeit-Vertiko ein ebenso weißes Bücherregal. Offenbar wurde hier viel Musik gehört: Es gab eine hochwertige Stereo-Anlage sowie zahllose CDs, ordentlich sortiert in meterbreiten CD-Regalen.

„Sehr schön habt ihr es hier!", sagte Ben. „Erstaunlich wie selbstverständlich ihr alt und modern kombiniert habt – kontrastreich, aber stimmig."

„Gut beobachtet!", erwiderte Max. „Da haben meine Mutter und ich denselben Geschmack: Dem Traditionellen treu bleiben und trotzdem dem Neuen aufgeschlossen."

„Gute Einstellung! Und ihr hört viel Musik."

„Hauptsächlich ich."

„Was hörst du so?"

„Viel Klassik, aber auch Rock und Pop der letzten vierzig, fünfzig Jahre."

„Dem Traditionellen treu, dem Neuen aufgeschlossen", lachte Ben.

„Richtig!"

„Dass du auch Rock hörst, finde ich lustig."

„Wieso? Ich bin quasi mit den Stones aufgewachsen. Ich wäre sogar fast auf dem legendären Konzert in der Waldbühne gewesen, 1965. Allerdings war ich noch zu jung, gerade mal 15. Und wahrscheinlich war es sogar ganz gut, dass ich nicht da war: Das Konzert dauerte nur drei oder vier Songs lang, dann gab es massive Randale, das Publikum stürmte die Bühne, und die Musiker mussten fliehen. Danach brach das Chaos aus: Es gab Schlägereien mit der Polizei, bis die

Ordnungshüter das Publikum mit Wasserwerfern vertreiben mussten."

„Ja, davon habe ich gehört..."

„Stell dir mal vor: Die Stones galten damals als härteste Band der Welt!"

„Verrückt!"

„Dann wollen wir mal Kaffee trinken", sagte Max. „Meine Mutter ist schon dabei, im Garten zu decken. Wir müssen nur noch den Kaffee raus bringen."

Sie wechselten in die moderne cremefarbene Einbauküche. Max goss Kaffee aus der Maschine in eine Kanne, stellte sie auf ein Tablett, dazu Zucker, Milch und Schlagsahne, griff sich das Tablett und forderte Ben auf, ihm zu folgen. Von der Küche aus ging es durch eine Glastür zunächst auf einen großzügigen Balkon und von dort aus über eine Steintreppe in den Garten.

Eingerahmt von Kirschlorbeer- und Ligusterhecken breitete sich eine recht weitläufige, gepflegte Rasenfläche vor ihnen aus. In der Mitte stand ein schöner, üppiger Birnbaum. Max' Mutter war gerade dabei, den Gartentisch zu decken, der unter dem Baum auf dem Rasen stand und mit einer rot karierten Tischdecke dekoriert war. Immer wieder verscheuchte sie mit der Hand Wespen, die um eine Schokoladentorte herumschwirrten, die auf dem Tisch stand.

„Ah!", machte die alte Dame, als sie sich nach ihnen umdrehte. Ben sprang sofort ins Auge, wie sommerlich-elegant sie gekleidet war: Sie trug ein orangerot gestreiftes Kleid, das sicherlich topaktuell war, dazu feine weiße Ledersandalen. Sie sah Ben mit wachen, ja strahlenden blauen Augen an, und in ihrem mäßig faltigen Gesicht breitete sich ein derart sonniges Lächeln aus, dass Ben sofort zurück lächeln musste. Ihre Haare hatte sie hochgesteckt, dazu Perlenohrringe, passend zu der dezenten Halskette, ebenfalls aus Perlen. Ben war verblüfft, wie hübsch diese bald einhundertjährige Frau aussah.

„Ja, leck mich enne Täsch! Wat ne leckere Jong!“, rief die Alte in schönstem kölschen Dialekt aus und gab ihm einen Klaps auf den Allerwertesten.

„Mama!“, schimpfte Max peinlich berührt.

„Lass nur!“, lachte Ben. „Ist schon in Ordnung.“

„Siehste, meen Jong“, sagte die Alte zu ihrem Sohn, „sind nich alle so prüde wie du!“

Max schüttelte abwinkend den Kopf und musste dann selbst lachen.

„Mama, das ist Ben. Ben, meine Mutter Olivia, aber jeder nennt sie Livi.“

„Übrigens kann ich auch Hochdeutsch“, sagte die Vorgestellte dann. „Dat Kölsch rutscht mir nur manchmal raus. Da bin ich nämlich aufgewachsen.“

„Ah!“, erwiderte Ben. „Tolle Stadt! Da bin ich manchmal beruflich unterwegs.“

„Ach, was machst du denn so?“, fragte sie, und Ben erzählte ihr kurz von seinem Job als freiberuflicher TV-Producer.

„Hochinteressant!“, gab Livi zurück. „So, nu aber jenooch jebabbelt. Jetzt setzen wir uns mal schön hin und essen Kuchen!“

Die drei nahmen an der Kaffeetafel Platz. Livi dominierte mit ihren Fragen das Gespräch, wollte alles wissen über den Kreta-Urlaub der beiden Männer, und während sie sich über die Torte hermachten, erzählten die zwei ausführlich von ihren gemeinsamen Ausflügen. Schließlich fragte die 94-Jährige Ben:

„Und so ein hübscher junger Mann wie du ist doch sicherlich verheiratet?"

„Danke für das Kompliment..." Er räusperte sich. „Aber nein, bin ich nicht."

„Aber eine kleine Freundin hast du doch?"

„Auch nicht, momentan."

„Do pack ich mer ja an der Kopp! Was ist denn los mit euch? Das ist doch nicht normal! Und wie lange hast du schon keine Freundin?"

Ben räusperte sich erneut und überlegte, ob es die alte Dame überhaupt etwas anging, aber da sie nicht locker ließ, gestand er schließlich:

„Fünf Jahre."

Hierauf war Livi so entsetzt, dass sie mit den flachen Händen auf den Tisch schlug und ausrief:

„Fünf Jahre?! Da krisste doch en Aaap! Also, jetzt muss die Mutti mal mit euch beiden schimpfen! Das ist überhaupt nicht in Ordnung, dass zwei fesche Jungs wie ihr so lange alleine bleiben! Max, bei dir ist es auch schon ein Jahr!"

„Ja, Mama", erwiderte ihr 72-jähriger Sohn leicht entnervt. „Aber wie du dich bestimmt erinnerst, ist meine Frau gestorben. Ich bin in Trauer!"

„Aber ein Jahr, Junge, ein Jahr! In deinem Alter ist das eine maßlose Verschwendung! So viele Jahre hast du nämlich nicht mehr!"

„Also, wenn ich so alt werde wie du, dann habe ich mehr als reichlich davon."

„Jajaja! Aber nu is ma endlich jenoch jetrauert! Wat fott es, es fott! Anna war eine reizende Frau, und du weißt, wie sehr ich sie gemocht habe. Aber jetzt musst du nach vorne schauen!"

„Mama!"

„Und du, junger Mann...!" Jetzt wandte sie sich Ben zu, funkelte ihn an und näherte sich ihm mit dem Oberkörper, als wollte sie ihn im nächsten Moment beim Kragen packen. „Fünf Jahre! Das ist eine Versündigung und ein Frevel! So etwas kann ich auf gar keinen Fall zulassen!" Sie richtete ihren drohenden Zeigefinger abwechselnd auf Max und Ben und ereiferte sich weiter: „Ihr beide werdet euch ab sofort darum kümmern, dass ihr Frauen kennenlernt, sonst mach ich euch Beine! Und wenns das Letzte ist, was ich tue!"

Livi hatte sich in Rage geredet, und Ben und Max schauten sich gegenseitig entgeistert an. Plötzlich fing sie an zu husten. Max sprang auf, um sie zu stützen.

„Hörste wohl uff!", schimpfte sie krächzend. „Ich hab bloß nen Krömmel inne Tröt. Vonne Torte!"

Daraufhin klopfte Max ihr auf den Rücken.

„Beruhig dich!", sagte sie vorwurfsvoll. „Ist doch schon wieder jut."

„Ich hab bloß nen Schrecken bekommen. In deinem Alter kann ja alles Mögliche passieren..."

„Wat in meinem Alter? Krieg dich mal wieder ein! Mit meinem Ableben ist eh nicht mehr zu rechnen!"

Jetzt musste Ben lachen, aber dabei wurde er jäh unterbrochen.

„Und mit dir bin ich auch noch nicht fertig!", schimpfte sie an ihn gewandt. „Denkt euch bloß nicht, ihr könnt jetzt einfach das Thema wechseln!"

Ben hüstelte.

„Jetzt hör mal zu, Mama", wandte Max ein. „Wir beide haben momentan wirklich andere Sorgen..."

„Wat andere Sorgen?!", unterbrach sie ihn. „Wat willst du bitteschön für andere Sorgen haben? Du bist Rentner! Und du, junger Mann: Wat is so wichtich, dat man fünf Jahre lang keine Zeit hat für ein Liebesleben?!"

„Tja...", machte Ben bloß.

„Eben! Nix ist so wichtich!", motzte sie. Dann schaute sie die beiden abwechselnd eindringlich an und fuhr fort: „Ich sage euch: Das Schicksal wollte es so, dass ihr beiden Hagestolze euch trefft, damit ihr gemeinsam auf Brautschau geht! Ich will, dass ihr mir beide euer Wort gebt, dass ihr euch gemeinsam darum kümmert!"

Max verdrehte die Augen.

„Ich meine es ernst!"

„Und wie stellst du dir das vor?", fragte Max. „Sollen wir jetzt jedes Wochenende in die Disco gehen, wie Teenager?"

„Das wäre doch gar nicht ungewöhnlich für dich."

Ben musste ihr innerlich Recht geben. Max hatte auf Kreta bewiesen, dass er ein flotter Tänzer war.

„Nur dass in Discotheken keine Frauen in meinem Alter rumlaufen", erwiderte Max.

„Jetzt tu mal nicht so", entgegnete Livi, „als wüsstest du nicht, wie man heutzutage Leute trifft."

„Und wie?", fragte Max.

Livi zog ein Smartphone hervor und hielt es Max vor die Nase: „Na mit Tunder!"

„Tunder?!", fragte Max. „Was soll das sein?"

„Sie meinen vermutlich Tinder", warf Ben ein.

„Bitte nicht siezen!", rief die 94-Jährige aus, „sonst komme ich mir so alt vor!"

„Verzeihung!"

„Tunder... Tinder", sagte Livi dann, „ich denke immer an Zunder. So heißt Tinder nämlich auf Deutsch. Das habe ich wohl durcheinander gebracht."

„Moment...", fragte Ben amüsiert. „Bist du denn bei Tinder angemeldet?!"

„Ja natürlich bin ich bei Tinder!"

„Ernsthaft?", fragte Max.

„Ja was denn? Ich bin ein neugieriger Mensch, und da habe ich mir eben mal angesehen, was die jungen Leute so treiben. Und glaubt es oder nicht: Da sind durchaus auch ein paar schmucke ältere Herren dabei, wenn auch nicht viele."

Max schaute sie fassungslos an.

„Eins muss ich sagen", lachte sie, „ihr würdet euch wundern, wie viele jüngere Herren sich für ältere Damen interessieren! Aber die wollen nur ihre verrückten Sex-Phantasien ausleben, versteht sich."

„Nicht weiterreden!", unterbrach Max sie. „Nicht weiterreden!"

„Keine Sorge, für so etwas bin ich mir natürlich viel zu schade!"

Sprachlos starrte Max sie an, während Ben sich ein Grinsen nicht verkneifen konnte.

„Na, wie auch immer“, fuhr sie fort. „Habt ihr das denn noch nicht ausprobiert? Das mit Tunder, meine ich?“

Beide Männer schüttelten den Kopf.

„Tsss. Also... eins kann ich euch sagen: Es war noch nie so einfach, andere Leute zu treffen wie mit Tunder!“

Max und Ben schauten sich an, sagten aber nichts.

Livi schnalzte missbilligend mit der Zunge, schüttelte dabei den Kopf und fuhr fort:

„Dass ich euch das überhaupt erklären muss!“

Sie sah die beiden scharf an und setzte wieder an:

„Ich sage euch: das nächste Mal, wenn wir uns treffen, dann will ich zwei hübsche Damen an eurer Seite sehen, haben wir uns verstanden?“

„Wir werden mal sehen, in Ordnung?“, erwiderte Max.

Wieder schnalzte Livi verächtlich mit der Zunge und sagte:

„Und jetzt nehmt ihr beide euch noch ein Stück Torte!“

Nach dem Kaffee machten Max und Ben zu zweit einen Spaziergang am Wannsee. Die Sonne schien ihnen warm auf die Köpfe.

„Deine Mutter hat eine unglaubliche Energie“, sagte Ben.

„Ja, ein bisschen viel, für meinen Geschmack...“, erwiderte Max.

„Ich finde sie großartig! Ich meine, sie hat wirklich noch eine Menge Spaß am Leben, das merkt man."

„Allerdings! Aber dass sie mit dieser Tinder-App herumexperimentiert, hat mich wirklich schockiert!"

Ben musste lachen: „Aber warum denn? Das ist doch toll, dass sie sich noch nicht aufgegeben hat."

„Wir reden immer noch über meine Mutter!"

Schweigsam gingen sie weiter, bis Ben sagte:

„Aber vielleicht hat sie ja sogar Recht. Vielleicht ist es wirklich Zeit, dass du dich wieder für was Neues öffnest. Du bist ein großartiger Typ, für den sich bestimmt eine Menge Damen interessieren."

„Hmm", machte Max.

„Und nach einem Jahr Trauer darf man sich ruhig wieder jemand Neuem zuwenden."

Max schaute nachdenklich in die Ferne. Dann wandte er sich Ben zu und sagte:

„Und was ist mit dir? Fünf Jahre?"

„Also, in meinem Fall ist das etwas ganz anderes. Du weißt ja, was für einen riesigen Berg Aufgaben ich zu bewältigen habe. Jetzt habe ich wirklich erst mal andere Sorgen. Zuerst gilt es, mich auf das Wesentliche zu konzentrieren."

„Aber ist denn die Liebe nicht das Wesentliche?", gab Max zu bedenken.

„Vielleicht schon. Aber es ist einfach nicht der richtige Zeitpunkt."

„Die Frage ist: Gibt es überhaupt den richtigen Zeitpunkt? Vielleicht ist es ja gerade gut, wenn du eine Frau triffst, die deine Lage versteht und dich bei deinen Bemühungen unterstützt."

Jetzt war es an Ben, *Hmm* zu machen.

„Je länger ich darüber nachdenke", sagte Max, „desto mehr neige ich zu der Ansicht, dass meine verrückte Mutter Recht haben könnte. Vielleicht sollten wir der Sache eine Chance geben! Wir verpflichten uns ja zu nichts, wenn wir einfach mal ganz unverbindlich die eine oder andere Dame kennenlernen."

„Meinst du…?"

Max gab Ben einen Klaps auf die Schulter:

„Ja, meine ich. Komm! Das könnte lustig werden!"

*

Wieder in Max' Wohnung angekommen, fanden die beiden Livi in der Küche vor. Sie war dabei, die Arbeitsplatte auf Hochglanz zu polieren.

„Da seid ihr ja wieder!", sagte sie.

„Wir brauchen deine Hilfe!", gab Max zurück.

„Bei was?"

„Du hast uns überzeugt. Wir wollen dieses Tinder-Dings ausprobieren. Und du musst uns dabei helfen."

„Na bitte!", sagte Livi und tätschelte ihrem 72-jährigen Sohn dabei die Wange wie bei einem Siebenjährigen. „Es hat dir noch nie geschadet, auf deine alte Mutter zu hören."

Sie wechselten ins Wohnzimmer und ließen sich auf dem Sofa nieder.

„Tja, wie war das noch mit dem Anmelden…", sagte Livi. „Elisabeth hat mir gezeigt, wie es geht. Ich hoffe, ich kriege das nochmal hin."

„Elisabeth?“, fragte Max entgeistert. „Unsere 80-jährige Nachbarin?“

„Ja, genau!“

„Die also auch…“, lachte Max kopfschüttelnd.

„Erst mal müsst ihr die App runter laden“, sagte Livi.

So taten die zwei Männer, und Livi bemühte sich redlich, den beiden alles Weitere zu erklären, aber letztlich war es Ben, der herausfand, was zu tun war.

„Was ihr jetzt braucht, sind gute Fotos von euch! Die sind das A und O!“

Wie sich herausstellte, hatten Ben und Max keine geeigneten Bilder auf ihren Smartphones, und so starteten die drei im Garten ein kleines Shooting, bis die Männer genügend Fotos beisammen hatten, die Livis fachmännischer Beurteilung standhielten. Sie luden die Bilder hoch, suchten sich Nicknames aus (sie entschieden sich für ihre Vornamen), und dann galt es, die Profile auszufüllen und dazu gute Texte zu formulieren.

„Schreibt irgendwas Witziges!“, sagte Livi. „Frauen mögen Männer mit Humor!“

Die zwei zerbrachen sich den Kopf.

„Auf Kommando witzig sein ist glaube ich nicht so mein Ding…“, sagte Ben, und Max gestand, dass es ihm genauso ging.

„Na, dann schreibt halt ein paar handfeste Fakten über euch. Beruf, Hobbys, Interessen.“

„Also, ich weiß nicht recht“, sagte Max. „Ich finde es komisch, mich selbst zu beschreiben.“

„Gut“, erwiderte Livi, „dann diktiere ich dir was.

Lass mich überlegen... ja! Also: Lebenslustiger Rentner, 72, verwitwet, möchte eine neue Liebe finden."

Max hörte sich das an, überlegte kurz, zuckte mit den Schultern und schrieb. Als er fertig war, diktierte sie weiter:

„Meine Leidenschaften sind Musik, Singen, Wandern und Reisen." Sie machte eine Pause, um Max schreiben zu lassen und überlegte derweil weiter. „Wenn du wie ich aktiv und optimistisch bist, dann freue ich mich auf dich!"

„Also, sonderlich originell ist das alles nicht gerade", wandte Max ein.

„Mag schon sein", gab Livi zurück. „Aber das ist allemal besser als der ganze Unfug, den manche Männer für originell halten. Zumindest wirkst du seriös und bodenständig."

„Und es ist kurz und informativ", schaltete Ben sich ein.

„Richtig!", erwiderte Livi. „Und doch weit mehr Text als die meisten Männer so schreiben. Oft steht dort so gut wie nichts, außer *Hallo*."

„Okay...", sagte Max und tippte den Text ins Profil.

„Und was hast du?", fragte die Alte Ben.

„Noch nichts."

„Mal sehen... Was war gleich dein Beruf?"

„TV-Producer."

„Also schreib das auf, dazu dein Alter."

Ben gehorchte.

„Und dann... was hast du für Hobbys?"

„Tja", machte Ben mit einem Seitenblick zu Max. „Wein trinken, Serien gucken..."

„Also, junger Mann, das schreiben wir mal besser nicht."

Sie befragte ihn, und schließlich einigten sie sich darauf, dass er nur ein paar steckbriefartige Stichworte aufschrieb mit dem Zusatz: „Ich freue mich darauf, dich kennen zu lernen!"

Livi begutachtete die Profile und war zufrieden.

„Dann kann es ja losgehen!", sagte Livi und rieb sich aufgeregt die Hände. „Zeig doch mal, welche Mädels da bei dir so auftauchen, Ben!"

Ben schaute auf das Handy und begann zu swipen. Er staunte, wie unterschiedlich die Profile waren. Einige Frauen hatten sich maximal aufgebrezelt und vermutlich von Profifotografen ablichten lassen. Die Bilder hatten die Qualität von Model-Fotos – nur dass die Damen nicht immer aussahen wie Models. Dann wieder gab es mies belichtete, verwackelte Selfies und Bilder vorm Badezimmerspiegel, die allein schon durch ihren billigen Gesamteindruck abstießen – ganz unabhängig vom Motiv.

Beim Lesen der Texte fragte er sich bald, ob die Kandidatinnen wohl voneinander abschrieben. Mehrfach las er: „Ich bin lieber Pippi als Annika" oder „Ich suche hier den Grund, mich wieder abzumelden." Manche Ladys schrieben ganze Romane mit blumigen, wenig sagenden Formulierungen, andere wieder schrieben nichts weiter als „Hi". Er fand es bemerkenswert, wie viel bereits ein Tinder-Profil über eine Person verraten konnte. Natürlich konnte der erste Eindruck täuschen, aber zumindest hatte er so erste Anhaltspunkte.

Sämtliche Profile, die er nach rechts swipte – und somit auswählte – verschwanden im Nirvana.

„Keine Sorge!", erklärte Livi. Es kann gut sein, dass daraus später noch Mätsche werden. Die müssen ja erst dein Profil ansehen."

„Mätsche?", fragte Max irritiert.

„Du meinst bestimmt Matches", warf Ben ein.

„Ja genau!"

Zwischendurch schauten die beiden, wie es bei Max aussah. Auch in seiner Altersgruppe gab es anscheinend ein recht ansehnliches Angebot.

Nachdem sie damit eine Weile lang zu tun hatten, sagte Livi:

„So, und damit müsst ihr euch jetzt ein paar Tage lang beschäftigen. Irgendwann werdet ihr hoffentlich ein paar Matches haben."

„Ich bin gespannt...", erwiderte Ben.

*

Einige Tage später hatten Ben und Max bereits einige Matches ergattert. Sie beschlossen, sich einen Spaß daraus zu machen und sich mit ihren Kandidatinnen zur selben Zeit am selben Ort zu verabreden. Tatsächlich gelang es ihnen, ihre Dates perfekt auf einander abzustimmen. Sie hatten je drei Frauen nacheinander in ein Café im Bezirk Steglitz bestellt.

So trafen sich die beiden am frühen Nachmittag des folgenden Sonntags vor dem Café. Ihre ersten beiden Damen würden in etwa einer Viertelstunde eintreffen. Ben hatte sich als erstes mit der 31-jährigen Marie verabredet, einer blonden Junganwältin, und Max würde auf eine früh verrentete Klinikärztin aus Potsdam treffen, die auf den Profilbildern mit ihren 62 Jahren erstaunlich jung geblieben ausgesehen hatte und Heide hieß.

„Aufgeregt?“, fragte Max.

„Ein bisschen“, erwiderte Ben. „Aber wird bestimmt lustig.“

„Schauen wir mal“, gab Max zurück.

„Auf jeden Fall sollten wir besser so tun, als würden wir uns nicht kennen – zumindest vorläufig. Das könnte die Damen sonst vielleicht abschrecken.“

„Sehe ich auch so. Also, dann mal los!“

So betraten sie das Café. Es war ein schlichtes, aber stilvoll eingerichtetes Lokal, das ein bisschen an ein Wiener Caféhaus erinnerte. Hohe Decken, weitläufige Räume, Parkett und dezente Stukkdeko an der Decke sowie einige mannshohe Zimmerpflanzen ließen das Café zugleich heimelig und elegant erscheinen – die perfekte Szenerie für ein erstes Date, fand Ben.

Sie entdeckten zwei freie Tische, die rund drei Meter entfernt von einander standen und von denen aus sie sich gegenseitig gut im Auge behalten konnten.

„Viel Glück!“, sagte Max,

„Dir auch“, gab Ben zurück, und die zwei nahmen an den beiden Tischen Platz.

Nachdem Ben einen Latte Macchiato bestellt hatte, sah er durch die Glastür eine reifere Dame auf das Café zukommen. Bevor sie es betrat, sah sie sich nervös um, zog hektisch an einer Zigarette, warf sie auf den Boden, trat sie aus und öffnete dann erst die Tür. Wieder sah sie sich nervös um. Es konnte sich nur um Heide handeln. Sie trug eindeutig zu viel Make up und sah deutlich korpulenter aus als auf den Fotos.

Ben warf Max einen unauffälligen Seitenblick zu und nahm wahr, dass der die Dame ebenfalls bereits gesichtet – und einen leicht missmutigen Gesichtsausdruck angenommen hatte. Er bemerkte wohl Bens Blick, denn er wandte sich verstohlen zu ihm um und verdrehte die Augen. Schließlich hatte die Dame Max entdeckt und schritt mit einem breiten Lächeln auf ihn zu. Der Alte beeilte sich, ebenfalls einen freundlichen Ausdruck anzunehmen, stand auf und begrüßte seine Verabredung.

Inzwischen öffnete sich die Tür, und auch Bens Date trat herein: Die blonden Haare glatt zurückgekämmt und zu einem Zopf gebunden, dezentes Make up, hellgraues Business-Kostüm – ziemlich exakt so hätte er sich eine aufstrebende Anwältin vorgestellt. Sie entdeckte ihn und kam auf seinen Tisch zu, wobei die Ledersohlen ihrer schwarzen Halbstiefel geräuschvoll auf dem Parkett klapperten, sodass sich einige Gäste nach ihr umdrehten.

„Du musst Ben sein“, sagte sie mit einem Lächeln, für das ihm unwillkürlich die Bezeichnung *tadellos* einfiel. Wie kam er nur ausgerechnet auf dieses Wort? Ein tadelloses Lächeln... Es war das verbindliche Lächeln eines Menschen, der geschäftlich viel unter Leuten ist und sich in diesem Umfeld gewandt bewegt – ein antrainiertes, gewinnendes, professionelles Lächeln, aber eben kein ausgesprochen herzliches.

„Genau der bin ich!“, erwiderte er, während er aufstand und ihr die Hand reichte. „Und du bist Marie?“

„Exakt. Freut mich sehr!“, sagte sie und nahm Platz.

„Mich auch“, entgegnete er und tat es ihr gleich.

„Dann erzähl mal“, fing sie an, „wonach suchst du?“

*Ganz schön direkter Einstieg,* fand Ben. Kein Small Talk, keine Plauderei, direkt zur Sache.

„Tja, ich…“, sagte er verlegen. „Ich bin da ganz… ergebnisoffen, wie man so schön sagt.“

„Ergebnisoffen?!“, wiederholte sie mit säuerlicher Miene. „Das heißt, du weißt gar nicht, was du willst?“

„Naja, ich wünsche mir schon eine längerfristige Beziehung, aber ich möchte das hier auch nicht mit Erwartungen überfrachten, sondern lieber ganz zwanglos schauen, was sich ergibt.“

„Zwanglos schauen!“, unterbrach sie ihn gereizt. „Sorry, aber wie kann man denn in deinem Alter keine klare Vorstellung haben?“

„Keine Ahnung… was hast *du* denn für Vorstellungen?“

„Ich bin jetzt 31. Mit spätestens 34 möchte ich ein Kind bekommen, vorzugsweise ein Mädchen, ein Jahr Elternzeit und dann zurück in den Job. Natürlich wird sie dann von einer Tagesmutter betreut. Und selbstredend werde ich erst dann Mutter, wenn ich geheiratet habe – und zwar ausschließlich mit Ehevertrag.“

„Puh…“

In diesem Moment kam die Kellnerin, um Maries Bestellung entgegenzunehmen, aber die winkte ab.

„Ich kann dir jetzt schon sagen, dass das mit uns nicht passt. Von Männern, die nicht wissen, was sie wollen, hatte ich schon genug. Mein Bedarf ist gedeckt."

Sie stand auf und setzte hinzu:

„Ich wünsch dir alles Gute."

Ihr Lächeln war diesmal nicht ganz so tadellos, weil sie damit unübersehbar ihren Ärger überspielte. Sie streckte ihm die Hand entgegen, die er, selbst aufstehend, schüttelte.

„Tja dann...", sagte er, „dir auch alles Gute!"

Er sah ihr nach, während ihre Ledersohlen der Tür entgegen klapperten. Als er sich setzte, merkte er, dass Max ihn fragend ansah. Ben zuckte nur mit den Schultern. Dann schaute er seinerseits Max fragend an, der seiner Verabredung gegenüber saß und der energisch redenden Dame geduldig zuhörte. Max wartete einen Moment ab, in dem sie ihn nicht ansah und warf Ben einen verzweifelten Blick zu. Daraufhin holte Ben sein Handy hervor und rief Max an. Als es bei dem alten Mann klingelte, schaute der zunächst irritiert auf sein Display, dann ging er ran.

„Ja?", fragte er etwas unsicher.

„Sag ihr, dass ein Freund angerufen hat und dringend deine Hilfe braucht. Ihm gehts nicht gut und du musst ihn zum Arzt fahren."

„Ach so... oh... okay!", sagte Max und legte auf.

Ben schaute hinüber und nahm wahr, dass der Ältere seiner Heide etwas sagte, woraufhin sie ihn ankeifte. Verlegen schaute er weg und wartete ab, was passierte. Im nächsten Moment spürte er einen klatschenden Schlag an seinen Hinterkopf. Erschrocken wandte er sich um. Hinter ihm stand Heide und funkelte ihn an:

„Haltet ihr mich für blöd? Ich habe sehr genau gesehen, dass du mit ihm telefoniert hast. Verscheißern könnt ihr eine andere."

Dann stampfte sie zur Tür, während sie eine Fahne aus kaltem Zigarettenrauch und viel zu blumigem Parfum hinter sich her zog.

„Ups", machte Ben und schaute dann zu Max. Der saß noch an seinem Tisch, sah Ben konsterniert an und fing dann an zu prusten. Ben musste ebenfalls lachen und gesellte sich zu seinem betagten Freund.

„Was war denn eigentlich bei dir los?", fragte Max. „Die war ja schnell wieder weg."

Ben schilderte ihm, was geschehen war.

„Oje, sagte der Ältere, „eine Frau wie ein Filofax."

Sie lachten.

„Und bei dir?", fragte Ben.

„Oh Gott!", sagte Max. „Ich weiß nicht, was schlimmer war: Ihr Qualmgeruch, das Parfum oder ihr hysterisches Geschwätz."

Wieder lachten sie, bis Max anmerkte:

„Weißt du, im Grunde hätten wir uns die Zeit für diese beiden Verabredungen sparen können. Rauchen, Zukunftspläne... alles Dinge, die man schon vorher per Textnachricht hätte besprechen können."

„Wohl wahr...", gab Ben zu. „Naja, wir müssen eben noch Erfahrungswerte sammeln."

Sie hatten noch einige Zeit, bis ihre nächsten Kandidatinnen eintreffen würden und unterhielten sich weiter über das eben Erlebte. Schließlich fragte Max:

„Wer ist deine nächste?"

„Sie hatte den Nickname *Orange Juice*, 29, werdende Lehrerin."

„Orange Juice... was für ein Spitzname..."

„Und bei dir?"

„Auf die bin ich besonders gespannt: Eine Christel, Kinderkrankenschwester. Sah auf den Bildern ganz nett aus", sagte Max.

„Ach ja, die. Wie alt?"

„60."

„Na, dann viel Glück!"

„Dir auch!"

In wenigen Minuten würden die beiden Damen eintreffen, und so setzte sich Ben wieder an seinen Tisch, bestellte ein Glas Wasser und wartete auf Date Nummer zwei.

Es dauerte nicht lang, da trat sie ein. Sie trug ein cremeweißes Strickkleid zu weißen Sneakers, hatte die brünetten Haare hochgesteckt und sah mit ihren Sommersprossen bildhübsch aus.

Sie sah sich fragend um, und so winkte Ben ihr dezent zu. Als sie ihn bemerkte, kam sie lächelnd auf ihn zu. Dies war kein tadelloses Lächeln, sondern ein wahrhaft bezauberndes, das von Herzen kam und gleichsam den Raum erhellte. Dabei bildeten sich niedliche Grübchen auf ihren Wangen.

„Hi!", sagte sie fröhlich, während Ben aufstand und ihr ebenfalls lächelnd die Hand gab.

„Schön dich kennenzulernen!", sagte er und bat sie Platz zu nehmen, worauf er dasselbe tat.

Sie schaute ihm tief in die Augen und sagte:

„Du siehst netter aus als auf den Fotos."

Ben musste schmunzeln:

„Komisch, dasselbe habe ich auch gerade gedacht!"

Einen Moment lang sahen sie sich in die Augen, dann griff sie leicht verlegen nach der Karte, schaute hinein und bestellte bei der Kellnerin ein Kännchen Earl-Grey-Tee. Unterdessen nahm Ben aus den Augenwinkeln wahr, wie auch Max' Date hereinkam. Er begutachtete sie kurz, und auf den schnellen ersten Eindruck dachte er: Ganz passabel. Sie hatte ein sympathisches Gesicht, eine für ihr Alter bemerkenswert sportliche Statur und trug ein verspielt-elegantes Sommerkleid.

Ben hatte den Eindruck, dass auch Max sie ganz ansprechend fand, denn er begrüßte sie mit einem breiten Lächeln. Gerne hätte Ben das weiter beobachtet, aber er hatte hier selbst eine zauberhafte junge Frau sitzen, und die wollte er nicht vernachlässigen.

„Wie bist du eigentlich auf deinen Nickname gekommen?"

„Ach der", lachte sie. „So hat mich mal eine WG-Freundin genannt, weil ich jeden Morgen frisch gepressten O-Saft trinke."

„Ah! Und wie heißt du richtig?"

„Das verrate ich dir, wenn wir uns besser kennen. Ich weiß ja noch gar nicht, mit was für einem Exemplar Mann ich es zu tun habe", sagte sie mit einem charmanten Augenzwinkern.

„Vernünftig. Was bist du eigentlich für eine Lehrerin?"

„Ach, noch bin ich keine. Ich stehe vor dem Ende meines Referendariats. Aber ich habe Deutsch und Musik studiert, das sind meine Hauptfächer. Wenn alles klappt, werde ich bald Gymnasiallehrerin."

„Schön!", sagte Ben. „An der Freien Uni?"

„Ja!"

„Da habe ich auch studiert. Publizistik und Geschichte. Germanistik hätte mich auch interessiert. Ich habe früher viel gelesen, in letzter Zeit leider nicht mehr."

„Was liest du so?"

Sie sprachen über ihre Lieblingsbücher. Schließlich sagte *Orange Juice*:

„Aber mir geht es auch so, dass ich weniger lese als früher. Momentan schaue ich eher Serien."

„Hast du eine Lieblingsserie?", fragte Ben.

„Lass mich überlegen... also für mich ist die beste Serie *Breaking Bad*. Hast du sie gesehen?"

„Ja, natürlich!", lachte Ben. „Du wirst es nicht glauben, aber das ist auch meine Lieblingsserie!"

„Saul Goodman, Hank Schrader, Gustavo Fring... es gibt wohl keine Serie mit so genialen Charakteren!"

„Und nicht zu vergessen Heisenberg! Mit seinem schwarzen Hut und dem Gangsterbart... die beste Charakterentwicklung überhaupt!"

Begeistert tauschten sie sich über die Serie aus, bis Ben hinzufügte:

„Ich muss allerdings sagen, dass ich mir vorgenommen habe, weniger Serien zu glotzen. Da verbrennt man einfach wahnsinnig viel Zeit."

„Das ist wahr“, erwiderte sie. „Ich schätze, die Kunst ist wohl, die Folgen nicht zu schnell hintereinander weg zu gucken, sondern jede einzelne zu genießen.“

„Der Ansatz gefällt mir.“

Schließlich wollte Ben wissen:

„Und Musik hast du auch studiert? Dann spielst du bestimmt ein Instrument?“

„Ja klar. Klavier, ein bisschen Schlagzeug, aber vor allem singe ich und bin werdende Gesangslehrerin.“

Ben musste schmunzeln. Er dachte an seine Gespräche mit Max zum Thema Singen, die sie auf Kreta geführt hatten und daran, dass er selbst als Kind gerne im Chor gesungen und es dann später an den Nagel gehängt hatte. Max hatte Ben geraten, wieder mit dem Singen zu beginnen – und nun saß er hier mit einer Gesangslehrerin!

„Warum grinst du so?“, fragte sie. Erst jetzt wurde ihm bewusst, was für eine wohltönende Stimme sie hatte.

„Nur so. Ich habe bloß gerade kürzlich gedacht, dass ich gerne mal wieder singen würde. Ich habe früher im Chor gesungen.“

„Das ist doch toll! Also, ich treffe mich einmal in der Woche mit ein paar Leuten, und da singen wir immer gemeinsam. Kein Chor, nur eine kleine entspannte Vocal-Combo. Alles keine Profis. Wir singen nur zum Spaß. Vielleicht wäre das auch was für dich.“

„Klingt gut!“, sagte Ben und musste wieder grinsen. Das alles fügte sich so seltsam perfekt, dass er einen kurzen Moment glaubte, Max habe ihm einen Streich gespielt, indem er das Ganze arrangiert hätte. Aber das war natürlich absurd.

„Und was machst du so beruflich?", fragte die namenlose O-Saft-Trinkerin. Ben erzählte ihr von seiner Arbeit, und sie hörte ihm aufmerksam und interessiert zu, stellte Fragen und schien ein bisschen beeindruckt zu sein.

Ben war so ins Gespräch vertieft, dass er die Zeit vergessen hatte. Als er in einer kurzen Gesprächspause Richtung Max blickte, sah er, dass seine Verabredung längst weg war, und Max zeigte mahnend auf seine Armbanduhr. Daraufhin sah Ben auf seine eigene und musste feststellen, dass in wenigen Minuten seine nächste Verabredung kommen würde.

„Du!", sagte er daher, „es tut mir so leid, aber ich muss jetzt los."

„Ach?!", fragte sie enttäuscht, „okay, verstehe..."

„Nein, nein!", beeilte Ben sich zu erwidern, „ich fand unser Treffen wirklich unheimlich schön, und ich möchte dich sehr, sehr gerne wiedersehen. Ich habe jetzt bloß einen wichtigen Termin!"

„Das ist total schade, ich finde dich nämlich sehr sympathisch." Sie lächelte. „Dann würde ich mich freuen, wenn wir uns bald wieder treffen. Vielleicht zu einem Spaziergang?"

„Ja, absolut gerne!", sagte Ben.

Sie schrieb ganz altmodisch ihre Handynummer auf einen Bierdeckel, gab sie ihm und sagte:

„Na dann... wollen wir?"

Er stand auf, ging rüber zur Kellnerin, die gerade an der Kasse stand, und zahlte. Dann verließen er und

„Orange Juice“ das Café. Während sie sich vor der Tür verabschiedeten, kam eine junge Blonde an ihnen vorbei, schaute Ben kurz fragend in die Augen und betrat dann das Lokal.

„Ich muss da lang!“, sagte die Safttrinkerin.

„Und ich da.“

„Also dann!“, schloss sie, gab Ben einen Kuss auf die Wange und ging ihres Weges, während er selbst in die andere Richtung lief. Als er sich nochmal umdrehte, sah er, wie sie in einen metallic-roten Twingo stieg und losfuhr. Als er sicher war, dass sie ihn nicht mehr sehen konnte, ging er zurück ins Café. Max war bereits mit seinem dritten Date beschäftigt, einer schlanken, gutaussehenden Businessfrau. Der Alte sah Ben und deutete mit einer Kopfbewegung zu einem Tisch, an dem eine einzelne junge Frau saß. Es war die Blonde. Er ging auf sie zu. Das musste sein Date sein: eine 30-jährige Innenarchitektin.

„Bist du Paula?“, fragte er sie.

„Ja“, sagte sie, sah ihn mit einem finsteren Blick an und fügte hinzu: „Und dein wievieltes Date bin ich heute?“

Noch bevor er antworten konnte, stand sie auf und zischte:

„Warum seid ihr Männer alle nur so Scheiße?“

Im nächsten Moment ließ sie ihn stehen und verließ das Café. Die Kellnerin hatte die Szene offenbar beobachtet, sah Ben schmunzelnd an, lachte kopfschüttelnd und verschwand dann in der Küche.

Ben nahm wieder Platz und lachte in sich hinein. Immerhin war eins von den drei Dates keine völlige

Katastrophe gewesen: Nicht die allerschlechteste Bilanz. Er wandte den Blick hinüber zu Max und seiner Verabredung. Die Dame sah relativ jung aus. Von hier aus betrachtet mochte sie gut und gerne Ende Vierzig sein. Sie war elegant in ein zigarrenbraunes Kostüm gekleidet und schlank, aber kurvig. Sie strahlte Max an, während sie redete, und der alte Mann wirkte interessiert und zugewandt.

Ben stand auf, ging zu dem Zeitungsständer, der neben der Eingangstür stand, wählte eine aktuelle Wochenzeitung aus, setzte sich wieder und begann zu lesen. Nachdem er einen Artikel durch hatte, wurde ihm bewusst, dass es lange her war, dass er eine gedruckte Zeitung gelesen hatte, und er genoss diesen Moment – in einem Café zu sitzen und entspannt zu lesen. *Das sollte man öfter mal machen*, dachte er.

Es mochte gut eine Dreiviertelstunde später sein, als Ben wahrnahm, wie Max und seine Dame aufstanden und das Cafe verließen. Beim Gehen zwinkerte Max ihm zu, und einige Minuten später kam der Alte allein zurück und setzte sich zu Ben an den Tisch. Er grinste amüsiert.

„Was hast du denn da wieder angestellt?", fragte er Ben. „Ich konnte nicht so auffällig zu euch rüber schauen. Habe nur aus den Augenwinkeln mitbekommen, dass deine Dame ziemlich schnell wieder weg war. Das war ja ein kurzes Vergnügen!"

Ben erzählte ihm, dass er seinem dritten Date vor dem Café begegnet war, als er mit „Orange Juice" vor der Tür gestanden hatte.

„Und das fand die Dame nicht so charmant", lachte Max.

„Nein, wohl eher nicht."

„Aber dafür war die zweite ja ein wahrer Schatz – zumindest von Weitem."

„Ja allerdings."

„Erzähl!"

„Erst bist du dran!", sagte Ben. „Wer war diese fesche Lady?"

„Das war Yvonne. Sie ist Redakteurin bei einer Tageszeitung."

„Und wie alt war die?"

„Laut ihrem Profil 51. Aber ob sie da wohl ihr wahres Alter angegeben hat?"

„Ich finde, das kann schon sein, so wie die aussah. Und, wie ist es gelaufen?"

„Sie war ganz charmant. Redet für meinen Geschmack etwas viel. Aber ansonsten..."

„Na, das ist doch klasse!", freute sich Ben und klopfte Max auf den Oberarm.

Max nickte.

„Und triffst du sie wieder?", fragte der Jüngere.

„Ich bin mir nicht sicher. Ich fand sie interessant, aber der Funke ist nicht so recht übergesprungen."

„Und die davor? Christel hieß die, oder?"

„Ach herrje", antwortete Max. „Die ist mir gehörig auf die Nerven gegangen. Die hat noch mehr gequasselt als Yvonne, und nur seltsames Zeug. Dazwischen hat sie immer so affektiert gekichert."

„Klingt ja bezaubernd", lachte Ben.

„Aber jetzt sag, wie ist es mit deiner Orangensaft-Dame gelaufen?“

„Gut!“, sagte Ben und erzählte von dem Gespräch und davon, dass sie Gesangslehrerin war und eine Vocal-Combo leitete.

„Ach nein!“, begeisterte sich Max. „Die kommt dir ja wie gerufen!“

„Das dachte ich auch“, lachte Ben.

„Und eins muss ich ja sagen“, fügte Max hinzu, „die hat ein Lächeln zum Dahinschmelzen.“

„Ja, absolut!“, pflichtete Ben ihm bei.

„Und wie ist sie so?“

„Was soll ich sagen? Sie ist zauberhaft. Und das Gute ist: Sie ist ganz natürlich und unkompliziert. Ich hatte das Gefühl, ich kann ganz ich selbst sein.“

Max nickte und sagte:

„Ben, ich kann es zwar nicht wirklich beurteilen, aber nach dem, was du sagst, ist sie äußerst vielversprechend!“

Ben nickte.

„Also trefft ihr euch wieder?“

„Ja! Ich meine, ich hoffe! Wir wollen spazieren gehen.“

„Phantastisch!“, sagte Max. „Ich gebe es ja nur ungern zu, aber das heute hat wirklich Spaß gemacht!“

„Finde ich auch. Und das haben wir nur deiner Mutter zu verdanken!“

„Da hat die alte Schachtel doch mal wieder Recht behalten...“, schmunzelte Max.

*

Mitten in der Nacht schreckte Ben schweißgebadet aus einem Albtraum auf. Was genau er geträumt hatte, konnte er sich nicht mehr in Erinnerung rufen. Lag es am Alkohol-Entzug, dass er unruhig geschlafen hatte? Vielleicht, zum Teil. Aber da war noch etwas anderes: Es hatte mit der O-Saft-Trinkerin zu tun.

Als er vom Café nach Hause zurückgekehrt war, hatte er sich noch euphorisiert gefühlt. Aber sowie er allein in seiner Wohnung gesessen hatte, war seine Stimmung gekippt. Erinnerungen an die gescheiterte Beziehung mit seiner Ex-Verlobten waren hochgekommen und hatten für ungute Stimmung gesorgt. Er hatte sich an all den Schmerz erinnert, den die ganze Sache bei ihm ausgelöst hatte, und begonnen, darüber nachzugrübeln, ob es eine gute Idee war, sich auf etwas Neues einzulassen.

So lag er nun also unruhig in seinem Bett, das Gedankenkarussell begann aufs Neue sich zu drehen, und er lag den größten Teil der Nacht wach...

Am übernächsten Morgen rief Max an und fragte Ben, ob er Lust hätte, sich mit ihm auf einen Spaziergang zu treffen. Ben bejahte, und so trafen sie sich wenig später an der Glienicker Brücke – der berüchtigten Brücke der Spione, begrüßten sich und begannen ihren Spaziergang am Ufer der Havel. Die Sonnenstrahlen stießen durch das Laub der Bäume, während auf der glitzernden Wasseroberfläche Segelboote dahinglitten.

„Und?", fragte Max nach einer Weile, „hast du schon mit dem Saft-Mädchen gesprochen?"

„Nein."

„Hmm... Du willst wohl nichts überstürzen... vielleicht gar nicht so verkehrt."

„Ich will es mal so formulieren: Selbst wenn ich auf die Idee kommen sollte, sie anzurufen, könnte ich es gar nicht."

„Wie meinst du das?"

„Ich habe ihre Telefonnummer weggeworfen."

Max blieb stehen und sah ihn verdattert an.

„Und das Tinder-Match aufgelöst", fügte Ben hinzu.

„Das ist nicht dein Ernst!"

„Doch."

„Aber warum denn?"

Ben erzählte ihm von dem Grübelkarussell und davon, dass er zwei Nächte kaum geschlafen hatte.

„Ich weiß einfach nicht, ob ich jemals wieder einer Frau vertrauen kann", fügte er hinzu.

Max hörte Ben aufmerksam zu, bis er antwortete:

„Das ist wahnsinnig schade. Diese Frau ist ein kleiner Diamant! So jemanden trifft man nicht alle Tage."

„Ich weiß. Gerade deswegen macht es mich ja umso nervöser."

Schweigend gingen die beiden weiter. Max schien nachzudenken. Schließlich sagte er:

„Ben, ich glaube es ist höchste Zeit, dass du deine letzte Trennung verarbeitest. Und zwar richtig!"

„Vielleicht... das Gute ist ja, dass ich jetzt in Therapie bin und darüber reden kann."

„Ja, das ist auf jeden Fall gut!"

Ben nickte.

„Sag mal", setzte Max wieder an, „nach diesem Vorfall, als deine Ex-Verlobte mit deinem Freund..."

„Ich weiß schon!", unterbrach ihn Ben, „was ist damit?"

„Hast du jemals mit ihr darüber geredet?"

„Nein."

„Warum nicht?"

„Es gab nichts zu reden. Der Fall war damit für mich erledigt. Ich habe sie nie wieder gesehen."

„Verstehe", erwiderte Max. „Aber wenn du mich fragst: Offenbar ist der Fall ganz und gar nicht erledigt."

„Kann schon sein."

„Du ahnst bestimmt, was ich sagen werde, oder?"

Ben zuckte mit den Schultern.

„Es ist natürlich dein Leben, und es liegt mir fern, dir irgendwelche altklugen Ratschläge zu geben."

„Ich weiß."

„Aber Ben, wenn du innerlich frei werden willst und nicht eines Tages als einsamer Junggeselle sterben möchtest, dann wird es sicherlich klug sein, wenn du dich nochmal mit ihr unterhältst."

„Auf gar keinen Fall!", gab Ben unwirsch zurück.

Max schaute ihn an und nickte.

Wieder gingen sie eine Weile lang schweigend.

Schließlich sagte Ben:

„Selbst wenn ich es wollte – ich wüsste gar nicht, wie ich sie kontaktieren sollte. Ich habe ihre Kontaktdaten gelöscht."

„Genau wie du es bei dem Saftmädchen gemacht hast."

„Tja, offenbar."

„Aber das kann ich als Argument leider nicht gelten lassen", erwiderte Max schmunzelnd. „Heutzutage gibt es mit den sozialen Medien genügend Möglichkeiten."

„Aber bei meiner Ex wird das schwierig. Sie hat Facebook und Co. immer abgelehnt. Sie hatte von Anfang an massive Bedenken."

Max nickte und fragte:

„Wie heißt deine Verlobte eigentlich? Du hast mir nie ihren Namen gesagt."

Ben schwieg. Er spürte, wie sich alles in ihm zusammenkrampfte. Sie gingen weiter, bis Ben endlich nach einer längeren Pause sagte:

„Camilla."

„Schöner Name", sagte Max.

„Wie man es nimmt", erwiderte Ben. „Sag mal, und du? Hast du schon mit deiner Yvonne gesprochen?"

„Ja, kurz."

„Und? Wie war es?"

„Ganz nett! Aber wie ich schon sagte: Der Funke ist nicht übergesprungen."

Ben nickte.

„Um auf dich zurückzukommen", setzte Max wieder an, „ich kann dich wirklich nur ermutigen, nochmal mit Camilla zu sprechen. Ich bin überzeugt, dass es dir gut tun wird. Und du kannst natürlich auf meine moralische Unterstützung zählen."

„Ich werde es mir überlegen..."

*

Zurück zuhause stromerte Ben unschlüssig durch seine Wohnung und versuchte sich mit allerlei mehr oder weniger sinnfreien Beschäftigungen abzulenken: Er polierte den Spiegel im Flur, putzte Schuhe und sortierte sie in seinem Schuhregal neu, wischte auf seinen Schränken Staub – bis ihm selber aufging, wie albern es war, was er tat. Schließlich gab er sich einen Ruck, setzte sich an seinen Computer und begann, in den einschlägigen sozialen Netzwerken nach Camilla zu fahnden. Wie er erwartet hatte, fand er keine Spur. Auch eine Googlesuche führte zu keinen Treffern.

„Habe ich doch gesagt!", murmelte er vor sich hin. „Völlig sinnlos, das Ganze. Fall erledigt!"

Aber dann fiel ihm wieder ein, was Max zu den Worten *Fall erledigt* gesagt hatte: Gar nichts war erledigt! Und das war Ben auch irgendwie klar. Vor allem drängte sich immer mehr eine Frage auf: Warum? Warum hatte sie ihn betrogen? Er war sich eigentlich ziemlich sicher gewesen, dass sie nicht der Typ Frau war, der so etwas tat. Es musste doch irgendeinen Grund geben, und den zu erfahren würde ihn dann doch interessieren.

Aber angenommen, er würde wirklich versuchen sie zu finden... wie sollte er es anfangen? Das Naheliegendste war natürlich, seinen alten Freund Dennis zu kontaktieren. Aber das kam nicht in Frage. Keine zehn Pferde würden ihn dazu bringen, auch nur ein einziges Wort mit ihm zu sprechen.

Er überlegte weiter. Was gab es sonst für gemeinsame Bekannte? Camilla hatte einen großen Freundeskreis gehabt – aber das war eben vor allem *ihr* Freundeskreis gewesen. Sein eigener Freundeskreis bestand damals aus Dennis und einer Handvoll mehr oder weniger guter Bekannter. Ben versuchte, sich zu erinnern: Wen gab es da? Er zermarterte sich das Gehirn, aber ihm fiel niemand ein. Es war, als hinge ein dichter Nebel um all die Erinnerungen an die gemeinsame Zeit. Er fand keinen Zugang.

War das nicht ein klares Zeichen? Er hatte all das verdrängt – und zwar aus gutem Grund! War nicht die logische Konsequenz, dass er die Sache besser auf sich beruhen lassen sollte? Aber dann dachte er wieder an das, was Max gesagt hatte. Und so ungern er es zugab: Der alte Mann hatte natürlich Recht.

Also wie sollte er weiter vorgehen? Er dachte nach – bis ihm etwas einfiel: Damals nach der Trennung hatte er alle Erinnerungsstücke in eine Kiste gepackt und in den Keller verfrachtet. Vielleicht würde er darin etwas finden, das ihn weiterbrachte?

Er schnappte sich den Kellerschlüssel, schritt die Treppen runter und ging dann zu dem Raum, der zu seiner Wohnung gehörte und der mit einem Bretterverschlag nebst Vorhängeschloss gesichert war. Er schloss auf, öffnete die Tür, tastete nach dem Schalter, machte Licht – und musste Luft holen: Was für ein Chaos!

Hier stapelten sich alte Möbel, Kisten und Säcke voll Zeug in unheilvoller Unordnung. Die Krempelberge waren mannshoch und undurchdringlich. Hier sah es aus wie zuhause bei einem Messie. Wie sollte er je etwas wiederfinden? Entmutigt stand er da und sah sich um. Er würde nicht drum herumkommen, das Übel bei den Wurzeln zu packen, gründlich auszumisten und Ordnung zu schaffen.

Willkürlich griff er nach einem Umzugskarton, der zu seiner Linken in Hüfthöhe auf zwei weiteren stand, öffnete den Deckel und schaute hinein. Darin fand er Erinnerungsstücke an sein Studium: einen Stapel alte Hausarbeiten und Klausuren, Studienbescheinigungen, Gläser und Bierdeckel aus seiner Lieblingsbar, CDs sowie einige Fotos.

Ben spürte, wie ihn eine Schwermut befiel. Dies war mehr als nur ein Stöbern in altem Zeug. Es war gleichsam ein Trip in seine eigene Vergangenheit. Wie auch immer: Ihm erschien es nahezu aussichtslos, hier nach der Kiste mit den Camilla-Reliquien zu suchen. Dazu würde er den gesamten Keller umkrempeln müssen.

Stöhnend schaltete er das Licht wieder aus, schloss den Keller ab und ging nach oben. Doch die Sache ließ ihm keine Ruhe. Es kam ihm falsch vor, sich so leicht geschlagen zu geben. Andererseits schreckte ihn das Chaos da unten ab. Nach einer Weile des Grübelns merkte er, wie er immer unruhiger wurde. Schließlich beschloss er, Max anzurufen.

„Ben, mein Lieber! Was gibts? Hast du was vergessen?"

„Nein, nein. Ich bin nur gerade etwas aufgewühlt, und du hast ja gesagt, dass es gut ist, wenn man dann mit jemandem redet."

„Genau! Prima, dass du mich direkt anrufst! Was ist denn los?“

„Du wirst es kaum glauben: Ich habe angefangen nach Camilla zu suchen!“

„Ach wirklich? Und?“

Ben erzählte ihm, dass er im Internet keine Spur von ihr gefunden hatte und schließlich im Keller nach der Reliquien-Kiste hatte suchen wollen – und gescheitert war.

„Immerhin hast du überhaupt angefangen, nach ihr zu fahnden! Das ist doch gut!“

„Ja, vermutlich. Aber wenn ich an das Chaos da unten denke, wird mir ganz anders.“

„Verstehe ich gut. Keller entrümpeln ist nicht die angenehmste Aufgabe. Aber glaub es oder nicht: Das könnte eine gute therapeutische Übung sein.“

„Ach ja? Weil man seinen inneren Schweinehund überwinden muss?“

„Das vielleicht auch. Aber vor allem ist es eine Konfrontation mit deinem Unterbewusstsein.“

„Okay... inwiefern?“

„In den Jahren meiner Therapie, als ich längst trocken war und wieder eine eigene Wohnung hatte, kamen wir mal auf meinen Keller zu sprechen. Ich erzählte meinem Therapeuten, dass da eine heillose Unordnung herrschte – genau wie bei dir. Also trug er mir auf, zu entrümpeln und erläuterte mir, warum.“

„Okay...“, sagte Ben. „Jetzt bin ich gespannt.“

„Der Keller ist nicht einfach nur ein Abstelllager für Zeug. Vielmehr steht er teils sinnbildlich und teils in einem ganz realen Sinn für das Unterbewusstsein des Menschen. Alles, was man nicht mehr in seinem unmittelbaren Umfeld haben und doch auch nicht wegschmeißen will, verbannt man in den Keller.

Genau wie man unliebsame Erinnerungen und Gedanken verdrängt und ins Unterbewusstsein abschiebt, so packt man alle möglichen Erinnerungsstücke und Sachen, die irgendeine Bedeutung für uns haben, in Säcke und Kisten und trägt sie in den Keller, wo sie alsbald in Vergessenheit geraten. Aber all die unverarbeiteten Erinnerungen, ungelösten Konflikte mit Freunden und Verwandten und so weiter, die mit diesen Sachen verbunden sind, schwelen da unten weiter und sorgen unterschwellig dafür, dass man keinen rechten Frieden findet. Deshalb kann es manchmal ratsam sein, den Keller zu entrümpeln – und sich bei der Gelegenheit noch einmal mit der Vergangenheit zu konfrontieren – und Frieden zu schließen mit all den Angelegenheiten, die man nicht zum Abschluss gebracht, sondern nur verdrängt hat."

„Oje", sagte Ben, „wenn auch nur annähernd etwas dran ist an dieser Analogie, dann hat meine Psyche ein echtes Chaos-Problem."

Max musste lachen:

„Ja, und so verhält es sich schließlich auch ein bisschen, oder nicht?"

„Stimmt wohl leider."

„So gesehen ist es gar kein Wunder, dass dich der Gedanke aufwühlt, dich damit zu beschäftigen."

Ben konnte nicht anders als zustimmen.

„Die Frage ist jetzt: Wie willst du damit umgehen? Und das ist nicht so ganz ohne, denn eine Konfrontation mit der Vergangenheit ist immer eine Herausforderung. Aber genau das ist es ja, was du dir ohnehin vorgenommen hast. Ich glaube, dass das Entrümpeln dich ein ganzes Stück nach vorne bringen kann – in vielerlei Hinsicht. "

„Vermutlich..."

„Wenn du willst, helfe ich dir dabei!"

„Wie? Oh, danke, Max – aber soweit kommt das noch, dass ich dich dazu verdonnere, meinen Keller zu entrümpeln!"

„Ich mache das gerne, wirklich! Und so alt bin ich auch noch nicht, dass ich nicht ein paar Säcke tragen könnte."

„Trotzdem... das kann ich nicht annehmen."

„Wie du willst. Aber zumindest werde ich dich gerne nach Kräften seelisch unterstützen."

„Danke!"

„Du kannst ja folgendermaßen vorgehen: Zunächst mal wirfst du nur einen schnellen Blick auf die Sachen – nur um zu entscheiden: Ist das Müll oder will ich das aufheben? Die Sachen, die du wegwerfen willst, sortierst du aus, und alles andere lagerst du in einer Ecke deines Kellers. Und wenn du deine Entrümplungsaktion beendet hast, kannst du immer noch entscheiden, ob und wann du dir diese Sachen genauer anschauen willst. Das Gute ist: Du bist ja jetzt in Therapie und kannst all das, was dann so hochkommt, mit deinem Therapeuten besprechen – und natürlich jederzeit auch mit mir."

„Tja, so wie du das jetzt sagst, klingt es nicht mehr ganz so bedrohlich. Ich schätze, das kriege ich hin."

„Sehr gut! Übrigens fällt mir gerade ein Satz ein, den mein Vater mal zu mir gesagt hat, als ich klein war, und der mir großen Eindruck hinterlassen hat, weil er scheinbar paradox ist."

„Schieß los."

„Wer Dinge bewahren will, muss viel wegwerfen!"

„Hmm... okay, das ist wirklich paradox."

„Aber es steckt viel Wahrheit drin, wenn man es recht bedenkt. Überleg mal: Dein Keller ist so voll, dass du nicht mehr findest, was du suchst. Das Wesentliche geht unter in einer chaotischen Masse von bedeutungslosem Zeug. Erst wenn du ausmistest, wird das Bewahrenswerte wieder zugänglich – und nur dann wird es wirklich bewahrt."

„Stimmt..."

„Jedenfalls würde ich nicht lange fackeln. Du hast dir ja schließlich extra eine Auszeit genommen, um dein Leben in Ordnung zu bringen!"

„Du hast Recht!" sagte Ben. „Ich werde es gleich heute noch anpacken!"

„Großartig! Und ruf mich gerne jederzeit an, wenn etwas ist!"

„Mache ich!"

Nachdem sie sich verabschiedet hatten, setzte Ben sich an seinen PC, um die Aktion zu organisieren. Er suchte nach einem Recyclinghof, der solche Mengen an Sperrmüll annehmen würde und reservierte einen Miet-Transporter.

Am folgenden Morgen parkte er den Van vor seinem Haus, zog sich alte Sachen an und schritt voll Tatendrang in den Keller. Als er allerdings die Tür öffnete und Licht machte, war er schon wieder halb entmutigt angesichts dieser Berge von Gerümpel. Einen Moment lang überlegte er, ob er die Sache nicht doch auf sich beruhen lassen sollte, gab sich dann aber einen Ruck und legte los. Stöhnend begann er zu sortieren und alles, was er als Müll deklarierte, in den Transporter zu tragen.

Dabei ging er so vor, wie Max es ihm geraten hatte und schaute sich Stück für Stück an, um zu entscheiden, was Müll war und was nicht. Bewusst achtete er darauf, sich nicht länger als nötig mit den einzelnen Dingen aufzuhalten. Was er aufheben wollte, musste er zunächst im Gang außerhalb des Kellers zwischenlagern, weil drinnen dafür kein Platz war. Immer wieder fielen ihm Sachen in die Hände, die ganz besonders bedeutungsvoll waren – etwa ein Teddybär, den er von seiner Mutter bekommen hatte, Spielsachen aus seiner späteren Kindheit, Kartons mit Schulheften, alte Fotoalben und Einiges mehr. Diese besonderen Erinnerungsstücke sammelte er an einem speziellen Platz, um sie später im leergeräumten Keller gut zugänglich zu verstauen.

Ein ums andere Mal spürte er eine Welle von Wehmut oder gar Beklommenheit aufsteigen, als er diese Dinge betrachtete und beeilte sich, sie zur Seite zu schaffen und sich immer wieder auf seine eigentliche Aufgabe zu konzentrieren.

Das meiste, was er fand, war hingegen unbedeutendes Zeug oder eindeutiger Müll. Alles, was noch brauchbar war, wollte er spenden und packte es an einen Extraplatz: Ausrangierte Möbelstücke, Altkleider, brauchbare Küchenutensilien. Ansonsten fand er alte Verpackungen, Reste von Renovierungen, Elektroschrott und Vieles mehr. Er kam aus dem Staunen nicht heraus, was sich ein durchschnittlicher Mensch der westlichen Welt im Laufe von ein paar Jahren an Kram anschaffte und alsbald in Abfall verwandelte.

Allmählich lichtete sich das Chaos. Und schließlich fand er sie: Die Camilla-Kiste. Es war ein alter Umzugskarton. Er rückte ihn in die Mitte des Raumes, wo er unter der Deckenlampe genügend Licht bekam, nahm sich einen Klappstuhl, setzte sich, und nach kurzem Zögern öffnete er die Kiste.

Er spürte einen Stich im Herzen, als er all die Dinge darin sah. Da waren Geschenke, die er von ihr bekommen hatte: Ein Kerzenleuchter, Bücher, ein Lederarmband mit Chromverschluss sowie eine Flakon mit Herrenduft. Er nahm ihn, sprühte sich etwas davon aufs Handgelenk – und kaum hatte er den Duft von Orange und Sandelholz eingeatmet, fühlte er sich schlagartig in die Vergangenheit katapultiert. Es tauchten Erinnerungsbilder auf – wie er mit Camilla am Wannsee saß und Eis schleckte und wie er mit ihr durch die Neue Nationalgalerie flanierte.

Dann fand er ein Fotoalbum: Camilla hatte es ihm zum einjährigen Jubiläum ihrer Beziehung geschenkt. Er spürte einen weiteren Stich im Herzen, als er es aufschlug. Da waren Bilder von ihr und von ihnen beiden zusammen – und ihm wurde bewusst, wie hübsch seine Ex gewesen war mit ihren palisanderbraunen Haaren und leuchtend grünen Augen. Heftige, widersprüchliche Emotionen wühlten ihn auf.

Als er weiterblätterte, sprang ihm ein Bild ins Auge, auf dem sie beide mit zwei Männern abgebildet waren. Unwillkürlich erinnerte er sich: Es handelte sich um ein schwules Paar, mit dem seine Ex befreundet gewesen war und mit denen sie sich ein paarmal getroffen hatten: Armin und Hilbert. Er schlug das Album zu und ging hinauf in die Wohnung, um sich an den PC zu setzen und die Namen der beiden in den sozialen Netzwerken zu suchen. Wenn sie noch immer zusammen waren, sollten sie nicht allzu schwer zu finden sein, denn wie viele Paare mit diesen Vornamen mochte es geben?

Schließlich fand er sie. Er brauchte nur noch eine Nachricht an sie abzusetzen – aber er zögerte. Nachdem er eine Weile in sich gegangen war, beschloss er, über die Sache zu schlafen – zumal er draußen einen Transporter stehen hatte, für den er Stundenmiete zahlte. Es galt also, zunächst mal die Entrümplungsaktion über die Bühne zu bringen.

Als er allen Unrat im Van verstaut und zum Recyclinghof verfrachtet hatte, war es bereits Abend geworden. Er nahm ein ausführliches Bad und sank bald darauf wie erschlagen ins Bett, um nahezu sofort in einen tiefen Schlaf zu fallen.

*

Am folgenden Morgen setzte er sich nach dem Frühstück wieder an den PC und rief das Profil des Paares auf. Er schaute es sich kurz an, stellte fest, dass sie online waren, startete einen Chat und begann:

„Hi, ihr beiden."

Einen Augenblick zögerte er, dann schrieb er:

„Vielleicht erinnert ihr euch an mich. Ich war mal mit Camilla zusammen. Wir haben uns damals öfter getroffen. Jetzt dachte ich: Ich melde mich mal und frage, wie es euch so geht."

Er schickte die Nachricht ab.

Es dauerte eine Weile, bis die Antwort kam:

„Ja klar, ich erinnere mich! Ich bins übrigens, Armin. Nett von dir zu hören. Uns gehts gut. Wir haben inzwischen geheiratet und sind gerade dabei, ein Kind zu adoptieren. Und wie geht es dir?"

„Glückwunsch! Mir selbst geht es ganz gut eigentlich", schrieb Ben zurück. Dann hielt er wieder einen Moment inne, überlegte und fuhr fort: „Ich komme mal direkt zur Sache. So ganz ohne Grund melde ich mich nämlich nicht. Seit Kurzem bin ich dabei, meine Vergangenheit aufzuarbeiten, und mein Therapeut hat mir geraten, mich nochmal mit Camilla auszusprechen. Leider finde ich sie nicht im Internet und habe gehofft, ihr könnt mir bei der Suche helfen."

Ben war bewusst, dass das ein ziemlich gewagter Vorstoß war und womöglich etwas schräg rüber kommen könnte. Außerdem war es ja genau genommen nicht der Therapeut gewesen, der ihm diesen Rat gegeben hatte. Aber Ben wollte es nicht unnötig kompliziert machen.

Diesmal dauerte es etwas länger, bis eine Antwort kam.

„Ja, ich erinnere mich, dass du damals ziemlich sang- und klanglos verschwunden bist... ist ja alles nicht so rund gelaufen. Normalerweise würde ich jetzt Camilla fragen, ob es für sie okay ist, wenn ich dir ihre Kontaktdaten gebe. Aber da gibt es einen kleinen Haken. Wir haben nämlich selbst keinen Kontakt mehr zu ihr. Es gab vor ein paar Jahren einen ziemlich heftigen Streit, und seitdem... Das Letzte, was wir von ihr gehört haben ist, dass sie nach Rom ausgewandert ist. Mehr weiß ich leider auch nicht."

„Hmm...", machte Ben, und in diesem Moment fiel ihm wieder ein, dass Camillas Mutter Italienerin war.

„Verstehe!", antwortete Ben. „Trotzdem vielen Dank und alles Gute für euch!"

„Danke!"

„Nach Rom?", fragte Max. Ben hatte ihn sofort angerufen, um ihm ein Update zu geben. „Und mehr weißt du nicht?"

„Nein."

„Das ist nicht viel..."

Ein kurzes Schweigen entstand, dann sagte Max:

„Was hältst du davon, wenn wir einen kleinen Spaziergang machen und nochmal gemeinsam überlegen, ob uns nicht noch was einfällt?"

„Warum nicht?", sagte Ben.

Sie verabredeten sich zu einem Ausflug zum Heiligen See in Potsdam. Ben holte Max mit seinem Wagen ab, und kurz darauf parkten sie unweit des Sees, der in der nördlichen Vorstadt von Potsdam lag, inmitten der Parks und Schlösser.

Vom Wagen aus ging es in eine idyllische Grünanlage, den Neuen Park. Sie passierten die Pyramide, von der Ben schon mal gehört hatte.

„Weißt du, was das ist?“, fragte Max.

„Na, eine Pyramide eben.“

„Ja, aber sonst?“

„Keine Ahnung.“

„Ein Kühlschrank!“

„Wie?“

„Friedrich Wilhelm der Zweite hat sie Ende des 18. Jahrhunderts errichten lassen. Als Kühlhaus. Damals wurden hier im Winter Eisblöcke eingelagert, und so konnte man Lebensmittel haltbar machen.“

„Interessant!“, erwiderte Ben.

„Ja. Und weißt du, wo es noch eine Pyramide gibt – wo man sie kaum vermuten würde?“

„Im Louvre. In Paris.“

„Ja. Aber die meine ich nicht. Es gibt auch noch eine in Rom.“

„Ah!“, machte Ben und musste grinsen.

Max sah ihn bedeutungsschwanger an und schwieg eine ganze Weile, bis er unvermittelt sagte:

„Roma tibi subito motibus ibit amor!“

„Bitte was?“, fragte Ben.

Max lachte.

„Das war Latein, schätze ich mal“, sagte Ben.

„Richtig geraten.“

„Und?“

„Na, fällt dir an dem Satz etwas auf?“, fragte er schmunzelnd und wiederholte dann das Gesagte.

„Was sollte mir da auffallen?“

„Schreib ihn auf!", sagte Max. „Vielleicht merkst du es dann."

Ben stutzte, holte sein Handy hervor und ließ sich den Satz dann von Max langsam vorsagen, sodass er ihn in seine Notizen-App tippen konnte.

„Und jetzt schau noch mal genau hin!", sagte Max.

So tat Ben, aber er hatte nicht die leiseste Ahnung, worauf der Alte hinauswollte.

Schließlich zuckte Ben mit den Schultern:

„Na komm, schieß los. Was meinst du?"

„Das ist ein Palindrom! Es stammt von dem altrömischen Rhetoriklehrer Quintilian."

„Ein was?"

„Ein Palindrom ist ein Wort oder ein ganzer Satz, den man vorwärts und rückwärts lesen kann."

Ben schaute auf seine Notiz und probierte es aus.

„Tatsächlich!", lachte er. „Verrückt!"

„Nicht wahr? Und weißt du, was er bedeutet? Hattest du Latein in der Schule?"

„Ja, hatte ich. Aber das ist lange her." Er sah sich den Satz noch einmal an und sagte: „Okay, also irgendwas mit Rom, denke ich mal, und Amor ist die Liebe. Subito heißt plötzlich, oder?"

„Das war doch schon mal gar nicht so übel. Frei übersetzt lautet der Satz: *Rom, zu dir wird durch Reisen plötzlich die Liebe kommen.*"

„Hmm...", machte Ben.

„Du weißt, was das bedeutet?", fragte Max.

„Naja... äh..."

„Das bedeutet, lieber Ben, dass wir nach Rom reisen müssen!"

Ben blieb stehen.

„Ist das dein Ernst?", fragte er. „Du willst in Rom nach meiner Ex-Verlobten suchen, ohne den geringsten Anhaltspunkt, wo sie wohnt?"

„Das nicht gerade. Aber ich habe so ein Gefühl, dass wir vielleicht doch noch dahinter kommen könnten."

„Ich weiß nicht... Und ich bin mir auch alles andere als sicher, dass ich Camilla überhaupt treffen möchte. Und dann auch noch eine Reise nach Rom..."

„Wir werden sehen. Aber erst mal gilt es, ihre Adresse herauszufinden. Du hast alles, was mit Camilla zusammenhing, verdrängt", sagte Max. „Aber ich glaube, du kannst so einige Erinnerungen wieder aus dem Keller deines Unterbewusstseins hervorholen. Den Anfang hast du ja schon gemacht."

„Aber ob das so eine gute Idee ist...? Was soll da schließlich am Ende rauskommen?"

„Dass du deinen Frieden damit schließt!", sagte Max nachdrücklich.

Ben brummte nur. Er dachte an das große Fragezeichen hinter dem Warum.

Max klopfte ihm auf die Schulter, und die beiden gingen nachdenklich weiter.

Sie schritten über den Kiesweg entlang des Ufers, während sich auf einer großen Wiese zu ihrer Linken Ausflügler tummelten, picknickten, Federball spielten oder eine Frisbeescheibe fliegen ließen.

„Warst du eigentlich schon in Rom?"

„Nein."

„Dann solltest du das unbedingt nachholen – Camilla hin oder her."

Ben zuckte mit den Schultern.

„Denk mal nach", sagte Max nach einer weiteren Pause. „Habt ihr irgendwann mal über Rom gesprochen?"

Ben ging in sich, und nachdem sie eine Weile lang schweigend weiter gelaufen waren, tauchten tatsächlich immer mehr Erinnerungen auf, bis sich alles zu einem Gesamtbild fügte.

„Sie hatte mir erzählt", fing Ben schließlich an, „dass ihre Mutter aus einer Kleinstadt irgendwo in der Toskana stammte. Den Namen des Ortes weiß ich nicht mehr. Irgendwo in der Nähe von Grosseto. Als Teenager hatte ihre Mutter immer davon geträumt, eines Tages nach Rom zu gehen und dort eine Familie zu gründen. Aber es kam anders. Sie lernte einen Touristen aus Deutschland kennen, verliebte sich und folgte ihm nach Berlin. Aber Rom war immer ein großer Sehnsuchtsort für sie geblieben, und sie hatte Camilla oft davon erzählt, davon, wie aufregend diese umtriebige Metropole war. Und nach all dem, was sie von ihrer Mutter gehört hatte, war Rom auch für sie zu einer Art magischem Ort geworden. Sie hatte die Sehnsucht danach sozusagen geerbt. Natürlich hatten sie als Familie immer wieder Reisen nach Italien gemacht. Nicht nur in die Toskana, auch nach Rom."

„Sieh mal an", sagte Max, „was da so alles zum Vorschein kommt! Du hast das alles ja wirklich erfolgreich verdrängt – ich meine, dass dir das nicht sofort eingefallen ist, als du von Rom, gehört hast..."

„Ja, Wahnsinn!“, sagte Ben, und während er darüber nachdachte, tauchten weitere Bilder und Szenen vor seinem inneren Auge auf. Er spürte, wie sich ein Schmerz in seiner Brust breitmachte, der sich auf eigentümliche Weise zugleich unangenehm und wohlig anfühlte. Während sie weitergingen, merkte er, dass Max ihn von der Seite ansah.

„Alles in Ordnung?“, fragte er.

Ben nickte.

„Das war schon eine ganze Menge“, sagte Max. „Aber einen wirklichen Anhaltspunkt haben wir noch nicht.“

„Wohl wahr...“, sagte Ben.

„Darf ich noch weitere Fragen stellen? Oder wird es dir zu viel?“

„Nein, nein, frag ruhig.“

„Gut, dann überleg mal: Habt ihr je davon gesprochen, dass sie vorhat, nach Rom zu ziehen?“

Ben dachte nach. Wieder tauchten vereinzelte Bilder auf. Es war ihm, als hätte er in seinem Inneren ein verstopftes Rohr gereinigt, und nun begannen die Erinnerungen zu fließen. Und während sie flossen, spürte er, wie der wohlige Schmerz in seiner Brust anschwoll und in seine Kehle drängte.

„Alles in Ordnung?“, fragte Max.

„Ja...“, sagte Ben, und plötzlich durchzuckte es ihn, weil ihm mit einem Mal eine entscheidende Erinnerung kam.

„Vielleicht sollten wir lieber von was anderem reden“, sagte Max.

„Nein!“, erwiderte Ben. „Gerade ist es mir wieder eingefallen!“

„Dann schieß los!“

„Es war noch ziemlich am Anfang unserer Beziehung. Wir saßen in einem kleinen, rustikalen italienischen Restaurant in Charlottenburg. Ein nettes uriges Lokal, wo wir öfter mal essen gingen – vor allem, weil es einem Cousin von ihr gehörte. Ich fragte sie damals, wo sie sich in zehn Jahren sah. Und sie antwortete, dass sie eines Tages nach Rom ziehen wollte, und zwar – jetzt pass gut auf – um dort...“

Ben genoss diesen Moment. Er wollte die Spannung auskosten.

„Sag schon!“

„Um dort einen Buchladen aufzumachen!“

Max hob die Augenbrauen.

„Perfekt!“, rief er freudig aus. „Dann brauchen wir nur noch per Google nach dem Laden zu suchen!“

„Wenn sie denn wirklich einen Buchladen aufgemacht hat...“

„Davon gehen wir erst mal aus. Was anderes haben wir nicht!“

Er wies auf eine Parkbank, und sie setzten sich. Ben begann mit seiner Suche. Er gab den Namen ein: Camilla Rossi, dazu den Suchbegriff *Buchladen*.

Es erschien eine ganze Reihe von Läden, aber keiner mit dem Namen seiner Ex.

„Versuch es mit dem italienischen Wort für Buchladen!“, schlug Max vor.

Ben ließ sich das Wort von Google übersetzen und versuchte es dann mit *libreria*. Das Ergebnis war das

Gleiche: Eine lange Liste von Buchläden, aber keiner mit dem zugehörigen Namen.

„Zeig mal!", sagte Max.

Ben reichte ihm sein Handy, und der Alte sah sich das Ganze genauer an. Schließlich merkte er an:

„Wer weiß, vielleicht ist sie inzwischen verheiratet. Und dann sind da noch einige dabei, bei denen kein Name angegeben ist."

„Und?"

„Du könntest einfach alle Buchläden per E-Mail anschreiben und nach Camilla fragen."

„Puh!", machte Ben. „Das klingt nach Arbeit..."

„Aber im Grunde musst du ja nur einmal eine Nachricht formulieren und kannst sie dann per Rundmail verschicken."

Ben nickte.

„Ich bin sicher, es lohnt sich!", sagte Max mit Nachdruck. „Übrigens habe ich dabei auch so meine egoistischen Gründe."

„Ach ja?"

„Ja! Ich habe nämlich auch eine emotionale Verbindung zur Ewigen Stadt."

„Welche denn?"

„Jetzt geht es erst mal um dich. Das erzähle ich dir ein andermal."

*

Am folgenden Tag hatte Ben einen Termin bei seinem Therapeuten. Er berichtete ihm, was er in den vergangenen Tagen erlebt hatte, sprach von seiner Keller-Entrümplungsaktion und seinen Nachforschungen in Sachen Camilla – bis hin zu seiner Idee, sie in Rom ausfindig zu machen, um mit ihr zu sprechen. Seidel hörte aufmerksam zu und stellte einige Zwischenfragen. Schließlich sagte er, dass er Bens Aktivitäten ausdrücklich gutheiße und bestärkte ihn darin – mahnte aber auch an, dass Ben auf sich Acht geben sollte. Er riet ihm, wenn er drohte, psychisch den Boden unter den Füßen zu verlieren, innezuhalten und sich bei Seidel zu melden.

Während seiner Schilderungen hatte Ben einige Male den Namen Max erwähnt, und es wurde deutlich, dass der in Bens Leben eine bedeutende Rolle spielte. Der Psychologe fragte auch hier nach, und so erzählte Ben von seiner neu gewonnenen Freundschaft – und davon, dass der alte Mann als Ex-Trinker einen bewegten Lebenslauf und eine Menge Therapie-Erfahrung hatte, und dass er Ben intensiv unterstützte, worauf Seidel ihn beglückwünschte, einen so wertvollen Freund in seinem Leben zu haben.

Zum Abschluss fragte Ben seinen Therapeuten, was er von der Idee halte, nach Rom zu reisen, um mit seiner Vergangenheit abzuschließen – natürlich vorausgesetzt, er würde Camilla überhaupt finden.

„Sie sind der Einzige, der sich darauf die Antwort geben kann“, erwiderte Seidel. „Ich selbst halte mich mit konkreten Ratschlägen zurück. Das würde meinen Aufgabenbereich überschreiten. Ich kann ihnen allerdings sagen, dass ich aus therapeutischer Sicht keine allzu großen Bedenken habe. Zwar ist Reisen immer mit einer Rückfallgefahr verbunden – genau wie auch eine emotionale Konfrontation wie die, die sie vorhaben. Aber mich beruhigt, dass Sie mit ihrem Freund Max reisen würden, der ja ein Experte in Sachen Abstinenz ist. Und sich mit der Vergangenheit auseinanderzusetzen, ist im Rahmen einer Therapie durchaus nicht unüblich", schloss er augenzwinkernd.

Ben nickte.

„Aber", fügte Seidel noch hinzu, „falls Sie noch unsicher sind, können Sie diese Frage in der nächsten Gruppentherapie vortragen und sich die Meinungen der anderen anhören. Vielleicht bringt Sie das weiter."

Zurück zuhause setzte sich Ben an seinen PC und begann mit seiner Recherche. Über Google suchte er alle Buchhandlungen in Rom heraus, kopierte die E-Mail-Adressen und machte sich dann daran, eine Mail aufzusetzen.

Darin erklärte er, dass er Journalist sei und auf der Suche nach einer Buchhändlerin namens Camilla Rossi, da er sie in einer wichtigen Angelegenheit sprechen müsse, und dass er sich über Hinweise über ihre Person freuen würde. Es könne auch sein, dass sie inzwischen verheiratet sei und einen anderen Namen trug.

Einen Moment lang überlegte er, ob diese Mail nicht unehrlich wirken könnte. Immerhin suggerierte sie, dass er als Journalist beruflich auf der Suche nach

Camilla war. Andererseits stimmte ja alles, was er schrieb: Tatsächlich hatte er eine journalistische Ausbildung als TV-Redakteur gemacht und war dann Regisseur und Producer geworden. Somit hatte alles Hand und Fuß, und Camilla würde das nicht als unehrlich empfinden, sondern wohl eher als cleveren Schachzug. So kam er bei den übrigen Adressaten wenigstens nicht wie ein Stalker rüber.

Er ließ sich das Ganze von Google ins Italienische übertragen – in der Hoffnung, dass nicht allzu grober Blödsinn dabei herauskäme – übersetzte es sicherheitshalber zusätzlich noch auf Englisch, fügte diese Übersetzungen hinzu und schickte die Mail schließlich an die ermittelten Buchläden.

Sein Herz schlug spürbar bis in seinen Hals. Was mochte dabei herauskommen? Er war sich nicht sicher, was ihm mehr Sorgen bereitete: Dass sie sich meldete – und er womöglich tatsächlich mit ihr zusammentreffen würde – oder dass er sie eben *nicht* ausfindig machte. Wie seltsam widersprüchlich und schwer zu begreifen die Gefühlswelt sein konnte, dachte Ben. Da er mehr und mehr ins Grübeln geriet, rief er schließlich Max an, und der schlug seine Allzweckwaffe gegen unangenehme Befindlichkeiten aller Art vor: einen strammen Spaziergang.

So kam es, dass sie kurz darauf zu einem erneuten Marsch zusammentrafen, diesmal hatten sie den Schlachtensee ausgewählt.

Ben mochte diesen See, denn hier hatte man nicht mehr das Gefühl, in einer Millionenmetropole unterwegs zu sein – obwohl das der Fall war – sondern irgendwo auf dem flachen Brandenburger Land. Das Gewässer lag mitten im Wald, und es war um diese Zeit glücklicherweise nicht allzu überlaufen von Spaziergängern

Sie überquerten eine kleine Brücke, und Ben blickte auf die bunt glitzernden Vorhängeschlösser, die unbekannte Verliebte dort als Zeichen ihrer Verbundenheit angebracht hatten. Camilla hatte daran immer ein gewisses Interesse gezeigt, und Ben hatte vorgehabt, ein solches Schloss zu besorgen, ihre Namen darauf zu gravieren und es ihr zu ihrem Jahrestag zu schenken. Dazu war es jedoch nicht mehr gekommen.

„Weißt du, was ich wirklich bemerkenswert finde?", fragte Max.

„Nein?"

„Dass wir jetzt immer wieder kleine gemeinsame Ausflüge machen – und ich dich nicht erst lang überreden muss. Weißt du noch, auf Kreta? Das war jedes Mal ein hartes Stück Arbeit, dich zu Aktivitäten zu motivieren. Du machst Fortschritte, mein Lieber!"

„Du hast Recht...", pflichtete Ben ihm bei und staunte ein bisschen über sich selbst. Er dachte kurz nach und sagte:

„Seitdem wir gemeinsam die Inventur gemacht haben und ich nun einen konkreten Plan habe, erscheint mir alles nicht mehr so erdrückend – genau, wie du gesagt hast. Ich fühle mich irgendwie freier und habe wieder mehr Energie. Auf jeden Fall danke ich dir dafür!"

Max lächelte.

Außerdem erzählte Ben, was er mit seinem Therapeuten besprochen hatte und dass dieser – genau wie Ben selbst – der Meinung war, dass seine Freundschaft mit Max etwas außergewöhnlich Wertvolles sei. Max legte für einen Moment den Arm um Bens Schulter und lächelte.

Sie gingen eine Weile lang schweigend, dann sagte Max:

„Aber zurück zum Wesentlichen: Du hast also die Buchläden angeschrieben."

Ben nickte.

„Und wenn sie sich tatsächlich meldet? Werden wir dann nach Rom reisen?"

„Ganz ehrlich? Ich weiß es nicht."

Er erzählte Max von seinen seltsam widersprüchlichen Gefühlen in dieser Sache.

Max hörte aufmerksam zu und nickte.

„Du musst es ja nicht sofort entscheiden."

„Richtig", erwiderte Ben.

„Allerdings muss ich sagen", fügte Max mit einem verschmitzten Lächeln hinzu, „dass mir die Idee einer Romreise zunehmend sympathisch wird."

„Ach ja!", sagte Ben. „Du hattest ja etwas angedeutet von einer emotionalen Verbindung."

„Richtig!"

„Also erzähl!"

„Na gut. Ich war als Student mal in Rom. Das war noch in der Zeit, bevor es mit mir und meiner Alkoholkrankheit rapide bergab ging. Ich war mit zwei Freunden dort. Wir hatten uns in den Semesterferien Interrail-Tickets besorgt und eine Europareise gemacht. So sind wir auch dort gelandet. Eigentlich wollten wir drei Tage bleiben. Aber daraus wurden drei Wochen."

„Wie kam das?", fragte Ben und fügte gleich hinzu: „Warte mal! Steckte da vielleicht eine feurige kleine Italienerin dahinter?"

„Richtig geraten!", gab Max zurück. „Ich hatte damals eine charmante Liebschaft. Sie hieß Giulia und war Kunststudentin. Ich lernte sie am ersten Abend in San Lorenzo kennen, dem Studentenviertel. Wir standen draußen vor einer Bar in einem fröhlichen Gedränge und sprachen gleichermaßen dem Bardolino zu. Wir haben beide mehr oder weniger sofort Feuer gefangen. Leider konnte ich kein Italienisch, und so haben wir uns auf Englisch verständigt. Ich werde nie vergessen, wie sie mit ihrer heiseren Stimme und ihrem starken italienischen Akzent sagte: 'Max, you're making me crazy with your beautiful eyes!'"

Dabei machte er ihren Akzent so amüsant nach, dass sie beide lachen mussten.

„Soso!", sagte Ben schließlich, „dann suchen wir in Rom also nach *zwei* Frauen!"

„Nein", sagte Max. „Tun wir nicht. So romantisch das auch wäre. Aber ich weiß nicht mal ihren Familiennamen. Und ich habe auch sonst keine Erinnerungen, die irgendwelche Hinweise geben würden."

„Vielleicht müssen wir mit dir dasselbe machen wie du mit mir: In der Vergangenheit graben!"

Max lachte:

„Glaub mir, das hätte keinen Sinn. Aber es geht mir auch gar nicht um Giulia. Es geht mir um die Stadt selbst! Diese Wochen in der Ewigen Stadt zählen zu den schönsten Erinnerungen meines Lebens. Natürlich liegt das auch daran, dass ich verliebt war. Wie auch immer: Der Gedanke, an jene Orte zurückzukehren, ist aufregend, und ich glaube, wir zwei könnten eine tolle Zeit haben."

Ben nickte.

„Weißt du übrigens, wer auch ein großer Freund der Metropole am Tiber war?"

„Wer?"

„Goethe!", sagte Max und rezitierte: „Eine Welt zwar bist du, o Rom; doch ohne die Liebe wäre die Welt nicht die Welt, wäre denn Rom auch nicht Rom."

Ben lauschte aufmerksam.

„Das war ein Vers aus den *Römischen Elegien* – dem Gedichtszyklus, den Goethe nach seiner berühmten Italien-Reise verfasste. Ich habe seinerzeit in meinem Germanistik-Studium ein Referat darüber gehalten. Ursprünglich hatte Goethe die Sammlung *Erotica Romana* genannt, denn die Gedichte sind teilweise sexuell ziemlich freizügig. Als sie in Schillers Literaturzeitschrift *Die Horen* erstmals veröffentlicht wurden, sorgten sie sogar für einigen Ärger. Herder zum Beispiel meinte, *die Horen* müssten ab sofort in *die Huren* umbenannt werden, weil darin neuerdings so unflätiges Zeug gedruckt würde. Vier von den ursprünglich 24 Gedichten waren sogar so explizit, dass sie gar nicht erst in Druck gingen."

„Was stand denn da drin?", fragte Ben.

„Das kannst du ja mal selber herausfinden", schmunzelte Max. „Aber keine Sorge: Aus heutiger

Sicht ist das alles halb so wild. Trotzdem hätte man so etwas dem alten Goethe nicht zugetraut. Und für den Schulunterricht ist das ganz sicher nicht geeignet."

Mit einem Mal spürte Ben, dass das Handy in seiner Hosentasche vibrierte. Er blieb stehen, zog es heraus und schaute drauf.

„Sie hat geantwortet!", rief er, halb erfreut, halb erschrocken.

„Großartig!", sagte Max. „Was schreibt sie?"

„Warte mal..."

Der Jüngere öffnete die Mail und las vor:

„Lieber Ben, danke für die Nachricht. Was für eine Überraschung... Wie gehts dir? Was gibts? Gruß, C."

„Kurz, aber freundlich", kommentierte Max.

Ben spürte, wie sein Herz schlug.

„Los, antworte ihr!"

„Was, gleich jetzt?"

„Klar, warum nicht?"

Ben dachte nach und sagte:

„Nein, dafür muss ich mir Zeit nehmen. Ich mache das ganz in Ruhe zuhause."

„Ja, mach das. Ich bin wahnsinnig gespannt! Halt mich auf dem Laufenden!"

*

Daheim angekommen setzte sich Ben an den PC und las die Mail erneut. Es hatte ihn überrascht, dass sie so aufgeschlossen reagiert – ja dass sie überhaupt geantwortet hatte. In der Signatur sah er Namen und Adresse der Buchhandlung: *Libreria all'Aventino*. Ben schaute bei Google Maps nach. Sie lag in einem Bezirk namens Monti und war offenbar nach einem der sieben Hügel Roms benannt. Der Aventino lag allerdings nicht ganz in der Nähe des Ladens, sondern in einem Nachbarbezirk. Auf jeden Fall war das Geschäft unweit von San Lorenzo angesiedelt, dem Stadtteil, von dem Max erzählt hatte.

Aufgewühlt und nachdenklich lehnte Ben sich zurück. Ob sie glücklich war? Hatte sie inzwischen geheiratet? Eine Familie gegründet und Kinder bekommen? Oder war sie Single? Er nahm wahr, wie bei dem letzten Gedanken sein Herz noch ein bisschen heftiger schlug. Eine Weile lang saß er da und ließ weitere Erinnerungen an seinem geistigen Auge vorbeiziehen. Er dachte daran, wie er mit ihr auf einer Decke im Berliner Botanischen Garten gesessen hatte, dachte an die Wochenendausflüge nach Rügen, die sie unternommen hatten – und an die sensationellen handgemachten Pasta, die sie gezaubert hatte.

Wie lange er an das alles nicht mehr gedacht hatte! Ihm wurde klar, dass er in all den Jahren nie wirklich um sie getrauert hatte. Nach jenem Vorfall war er von Wut beherrscht gewesen, und ab einem gewissen Punkt hatte er sich verboten, überhaupt an sie zu denken. Ben spürte überdeutlich, dass diese Wunde tatsächlich nie verheilt war, Max hatte vollkommen Recht.

Er klickte den „Antworten"-Button an. Nach kurzem Zögern schrieb er:

„Liebe Camilla."

Dann hielt er wieder inne. Es war ein mehr als eigentümliches Gefühl, sie direkt anzureden, wenngleich nur schriftlich. Er dachte kurz nach und fuhr fort:

„Danke, mir geht es glänzend. Ich hoffe, Dir auch? Du hast also Deinen Traum wahr gemacht! Wie schön! Gratuliere!

Du fragst dich sicherlich, warum ich mich aus heiterem Himmel melde. Der Grund ist folgender: Glaub es oder nicht, aber ich mache neuerdings eine Therapie! Keine Sorge, ich bin nicht durchgeknallt oder so was. Ich bin nur dabei, mein Leben ein bisschen zu sortieren. Mir ist bewusst geworden, dass wir uns nie ausgesprochen haben. Nun frage ich mich, ob es nicht sinnvoll sein könnte, das nachzuholen. Was meinst du?

Liebe Grüße, Ben"

Er las das Ganze mehrfach durch, und nach einem Zögern klickte er auf „Senden".

Wenige Minuten später kam die Antwort:

„Finde ich gut, dass du dein Leben sortierst. Ja, ich bin tatsächlich ziemlich überrascht, dass du plötzlich nach mir gesucht hast. Du bist damals einfach verschwunden. Ich hätte mir in der Tat gewünscht, mal über alles zu reden.

Aber jetzt? Fünf Jahre später? Für mich ist das alles längst abgeschlossen... Wie hast du dir das denn überhaupt vorgestellt? Per Telefon? Oder Videokonferenz oder so was?"

Ben dachte kurz nach und schrieb:

„Ich hatte überlegt, das mit einer Reise nach Rom zu verbinden. Da war ich nämlich noch nie. Ein Freund von mir würde mitkommen."

Er schickte die Nachricht ab und erhielt kurz darauf die Antwort:

„Ben, ich weiß nicht recht. Ich muss mir das in Ruhe überlegen, okay? Ich melde mich wieder."

„Ja klar", schrieb er zurück, „kein Stress!"

„Okay, danke. Bis dann!"

„Bis dann, machs gut!"

Ben musste tief durchatmen, dann rief er bei Max an und berichtete ihm alles brühwarm.

„Das ist phantastisch!", antwortete der Ältere. „Ich meine, dass du sie gefunden hast. Jetzt muss sie nur noch ja sagen."

„Das stimmt wohl..."

„Und? Wenn ja? Wirst du dich mit ihr treffen?"

„Das ist genau die Frage. Ich weiß es nicht..."

„Du hast ja noch ein bisschen Zeit, darüber nachzudenken."

„Ja."

„Übrigens habe ich noch ein schönes Rom-Palindrom gefunden! Die Wortkombination Roma und Amor war für die römischen Dichter anscheinend sehr verlockend."

„Wie lautet es?"

„*Roma etsi te terret et iste amor.*"
„Und das heißt auf Deutsch?"
„Frei übersetzt etwa: *Rom! Selbst wenn diese Liebe dich erschreckt.*"

*

In dieser Nacht fand Ben kaum Schlaf. Sein Kopf war voller Fragen, Erinnerungsbilder und widersprüchlicher Gedanken. Er fühlte sich wie in einen Strudel gerissen und wälzte sich unruhig hin und her.

Mit einem Mal kam ihm die Idee, dass ein, zwei Gläser Wein ihn bestimmt beruhigen würden. Ach was, Wein... jetzt bräuchte er etwas Stärkeres - vielleicht ein großes Glas Grappa? Erst kam ihm die Idee ganz natürlich vor, dann aber kehrte die Tatsache in sein Bewusstsein zurück, dass er beschlossen hatte, nicht mehr zu trinken – und deswegen in Therapie war.

Und doch...

Ehe er sich versah, drehte sich sein Gedankenkarussell nicht mehr um die Rom-Frage, sondern um die Frage, ob er sich nicht allen Vorsätzen zum Trotz eine kleine Erleichterung gönnen sollte. Schließlich war dies eine Ausnahmesituation! Er brauchte sich nur in seinen Wagen zu setzen und zur nächsten Tankstelle zu fahren. Da gab es alles, was das Trinkerherz begehrte. Er sah auf die Uhr. Es war halb drei... sollte er etwa die ganze Nacht durchwachen?!

Andererseits: Was würde Max dazu sagen? Was

sein Therapeut oder die Gruppe? Wie würde er dastehen? Gut, dachte er schließlich, er bräuchte es ja niemandem zu sagen. Dann allerdings müsste er lügen, und er hasste es, unehrlich zu sein.

Also was tun?

Er spürte, wie sein Verlangen nach einer flüssigen Erleichterung immer massiver anschwoll, fühlte sich zunehmend machtlos, ausgeliefert und fortgerissen von einem Tsunami unguter Emotionen.

Schließlich sprang er vollkommen entnervt aus dem Bett, zog sich hektisch an, eilte zu seinem BMW und fuhr los Richtung Tankstelle. Wut und Verzweiflung trieben ihn an, und er hatte das Gefühl, zu keinem klaren Gedanken mehr fähig zu sein.

Kurz vor der Tankstelle musste er vor einer roten Ampel halten. Ungeduldig trommelte er mit den Händen auf dem Lenkrad herum, und mit einem Mal fragte er sich:

„Was zur Hölle mache ich hier eigentlich?"

Das war er also, der berühmte „Saufdruck" von dem in der Gruppe die Rede gewesen war. Ben versuchte sich zu beruhigen, zur Ordnung zu rufen... – doch schon drängten sich neue ungute Gedanken auf: *Nur dieses eine Mal. Niemand muss es erfahren.*

Und dann wieder sah er Max vor seinem inneren Auge. Wenn der ihn jetzt sehen könnte! Wie enttäuscht der wäre!

Die Ampel wurde grün.

Zaghaft fuhr Ben los – und anstatt weiter auf die Tankstelle zuzuhalten, fuhr er rechts ran und machte den Motor aus. Ihm wurde klar: Es fehlte ihm die

Kraft, mit dieser Krise fertig zu werden. Er brauchte Hilfe!

Hatte Max nicht gesagt, er könne ihn jederzeit anrufen, wenn es ihm schlecht ginge? Er zögerte. Den armen Mann um diese Zeit aus dem Bett zu klingeln wäre schon eine erhebliche Belästigung. Andererseits: War dies nicht ein Notfall?

Schließlich fasste er sich ein Herz, holte sein Handy hervor und rief Max an.

„Ben?", fragte der mit verschlafener Stimme, „ist alles in Ordnung?"

„Nein!", sagte Ben. „Entschuldige, dass ich dich um diese Zeit anrufe."

„Kein Problem! Ich habe ja gesagt, dass ich immer für dich da bin. Was ist passiert?"

„Ich sitze im Auto, schaue auf die Tankstelle und bin kurz davor, mir was zu trinken zu holen."

„Okay", sagte Max, und Ben konnte hören, dass der Ältere schlagartig wach wurde. „Es ist goldrichtig, dass du mich anrufst! Wie ist es dazu gekommen?"

Ben schilderte ihm, was in den letzten Stunden mit ihm los gewesen war. Er spürte, wie er sich beruhigte, während er sprach. Mit Max zu reden tat ihm gut.

„Ben, ich kann so gut nachvollziehen, was jetzt gerade mit dir los ist. Wie oft hatte ich so eine Situation in der ersten Zeit meiner Abstinenz. Jeder Trinker, der aufhört, kennt das. Ich habe ja schon mal mit dir über die zwölf Schritte der anonymen Alkoholiker gesprochen. Nicht umsonst lautet der erste Schritt: Sich eingestehen, dass man dem Alkohol gegenüber machtlos ist. Und das ist genau das, was du gerade spürst: Deine Machtlosigkeit. Es ist, als sei der eigene Wille gelähmt, und man wäre irgendwie fremdgesteuert. Das ist der Grund, warum in allen AA-Meetings Telefonlisten von Leuten liegen, die sich für Telefonate wie dieses zur Verfügung stellen. Es ist einfach wichtig, dass man in solchen Momenten mit jemandem spricht, der einen wieder auf den Boden zurückholt. Deswegen hast du alles richtig gemacht, mich mitten in der Nacht aus dem Bett zu klingeln! Ohne Hilfe schafft es niemand! Und ich freue mich, dass ich dir helfen kann!"

„Danke, Max, es tut gut, dass du das sagst."

„Geht es dir denn jetzt etwas besser?"

„Ja, schon ein bisschen..."

„Was deine Grübelei betrifft: Ich kenne aus meiner Therapie eine wunderbar segensreiche Methode, wie man mit Situationen umgeht, die Angst auslösen. Willst du sie wissen?"

„Unbedingt!"

„Okay, dann schlage ich vor, du fährst erst mal wieder nach Hause, und dann reden wir weiter."

„Okay!"

Zuhause angekommen setzte sich Ben aufs Sofa und rief wieder bei Max an.

„Du kannst stolz auf dich sein!", sagte Max. „Du hast eine wirklich schwierige Situation bewältigt!"

„Danke... mir geht es auch schon viel besser. Ich bin deutlich ruhiger. Das Reden hat wirklich geholfen."

„Großartig!“

„Aber jetzt erzähl von dieser Methode!“

„Die Methode ist eigentlich recht bekannt, vielleicht hast du auch schon davon gehört. In einer simplen Formel zusammengefasst lautet sie: *Prepare for the worst and hope the best.*“

„Moment – den Satz habe ich doch schon mal gehört – allerdings im Zusammenhang mit der Prepper-Szene.“

„Der was?“, fragte Max.

„Prepper – das sind diese Leute, die sich auf den Weltuntergang vorbereiten, Schutzbunker bauen und Vorräte für ein halbes Jahr anlegen und solche Sachen. Um gerüstet zu sein, wenn die Zombie-Apokalypse ausbricht oder so was.“

„Ach? Es gibt wirklich verrückte Leute“, lachte Max. „Nein, ich kenne diese Formel eher aus dem therapeutischen Umfeld. Du kannst sie auf jede beliebige Situation anwenden, die dir Sorgen bereitet. Ein Beispiel. Nehmen wir mal an, du hast bei der Arbeit versehentlich irgendeinen wirklich blöden Bockmist gebaut. Und du weißt, wenn es rauskommt, kriegst du massiven Ärger. Jetzt liegst du im Bett und wälzt dich vor Sorgen hin und her und hast Panik.

Nun hast du zwei Möglichkeiten: Entweder, du machst dir weiter Sorgen und hast das Gefühl machtlos zu sein und verrückt zu werden. Dann bist du wie gelähmt und das Opfer deiner eigenen Angst. Oder aber du stellst dich deinem Problem und übernimmst Verantwortung.“

„Okay... und wie mache ich das?“

„Überlege dir zunächst: Was ist das Schlimmste, was passieren kann? Was ist das worst-case-Szenario? Um bei dem Beispiel mit dem Job zu bleiben: Das Schlimmste wäre: Die Sache fliegt auf, und du verlierst deinen Arbeitsplatz. Diese Vorstellung macht natürlich eine Riesenangst.

Jetzt kommt alles darauf an, dass du dich mit diesem schlimmsten Fall vertraut machst und dir genau überlegst, wie du damit fertig werden könntest.

Zunächst mal fällt man in Deutschland weich: Du wirst Arbeitslosengeld kriegen. Dann wirst du dich nach einem neuen Job umsehen. Und dann wird dir vielleicht klar: So ein Jobwechsel hat auch Vorteile: Man hat einen Tapetenwechsel, neue Entwicklungsmöglichkeiten, vielleicht sogar mehr Gehalt. Kurz gesagt: Der schlimmste Fall entpuppt sich unter Umständen als gar nicht so schlimm – außer dass man sich um Einiges kümmern muss. Nun machst du dir einen konkreten Plan, was konkret du tun musst, wenn der schlimmste Fall eintritt: Arbeitslosengeld beantragen, Jobsuche etc. Und sobald du diesen Plan besitzt, ist das Schlimmste nicht mehr ganz so bedrohlich. Denn du weißt nun, dass du eine Strategie hast, mit dem schlimmsten Fall fertig zu werden. Kurz gesagt: Prepare for the worst!

Das war der erste Teil der Strategie. Du bleibst nicht bei der Annahme stehen, dass das Schlimmste passieren wird, sondern gehst einen Schritt weiter und konzentrierst dich nun auf den möglichen *positiven* Ausgang. Denn jetzt, mit dem Plan für den schlimmsten Fall im Hinterkopf, kannst du dich beruhigen, hörst auf zu grübeln und dich zu ängstigen und bekommst wieder einen klaren Kopf. So kannst du dich ganz darauf focussieren, die schwierige Situation zu meistern und den schlimmsten Fall tunlichst abzuwenden.

Du kannst dir also überlegen, ob es irgendeine Möglichkeit gibt, den Schaden zu begrenzen, den du mit dem Bockmist auf der Arbeit angerichtet hast. Du könntest etwa mit deinem Chef reden, deinen Fehler eingestehen und ihm womöglich gleich eine Lösung zur Schadensbegrenzung anbieten. Vielleicht wird er deine Ehrlichkeit zu schätzen wissen und dich als aufrichtigen, vertrauenswürdigen Mitarbeiter wahrnehmen. Kurz gesagt: Hope the best!

Mit dieser ganzen Strategie gelingt es dir, deine Sorgen und Ängste zu überwinden, Verantwortung zu übernehmen und die beängstigende Situation erfolgreich zu meistern."

„Klingt plausibel. Ich überlege nur gerade, wie ich das jetzt in diesem konkreten Fall umsetzen soll – ich meine, was die Rom-Sache betrifft."

„Frag dich: Was ist das Schlimmste, was dir passieren kann, wenn du dich mit Camilla aussprichst."

„Hmm... ich habe Angst davor, dass der ganze Schmerz von damals wieder hochkommt und es mir elend geht. Dass ich den Boden unter den Füßen verliere... abstürze..."

„Gut. Nehmen wir an, genau das passiert. Wie wirst du damit umgehen? Was ist dein Plan für diesen Fall?"

„Auf jeden Fall schon mal: keinen Alkohol trinken."

„Gute Idee!", lachte Max. „Aber ernsthaft: Diese Gefahr solltest du nicht unterschätzen. Mit einem Rückfall ist nicht zu spaßen. Oftmals fangen rückfällige Trinker erst richtig an zu saufen, und ihre Abhängigkeit gerät in ein schlimmeres Stadium."

„Ja, davon habe ich gehört."

„Also, was wirst du tun?"

„Tja... ich weiß nicht recht."

„Na, jetzt stehst du aber ganz schön auf der Leitung, Ben."

„Ach ja? Dann sag mir, was ich tun soll!"

„Na genau das, was du jetzt auch gerade machst: Mit mir reden!"

„Oh", lachte Ben. „Da stand ich jetzt wirklich auf der Leitung."

„Außerdem hast du deinen Therapeuten und die Gruppe. Sollten dich die Gefühle wirklich übermannen, dann wirst du das nicht mit dir selbst ausmachen, sondern du wirst dir Hilfe holen und mit anderen Menschen darüber reden!"

Ben nickte.

„Unterschätze nie die enorme Wirkung, die es hat, mit jemandem zu reden und seine Emotionen zu teilen. Überlege mal: Wie ging es dir, als du mich vom Auto aus angerufen hast?"

„Ich war... verzweifelt. Fühlte mich wie von einer mächtigen Welle überrollt... machtlos."

„Genau! Das waren einerseits deine Sorgen, andererseits aber auch das massive Verlangen nach Alkohol. Solche Gefühle können eine überwältigende Macht entwickeln, und dann tun Menschen Dinge, die sie gar nicht tun wollen. Sie verlieren die Kontrolle. Du zum Beispiel hattest dir eigentlich fest vorgenommen, nicht mehr zu trinken, und unversehens findest du dich im Auto wieder und bist kurz davor zu saufen. Du warst dabei, die Kontrolle zu verlieren."

„Richtig."

„Und wie geht es dir *jetzt*? Nachdem du mit mir geredet hast?"

„Viel besser. Entspannt. Von dem Gefühls-Tsunami keine Spur mehr."

„Siehst du? Mit jemandem zu sprechen ist ein mächtiges Instrument gegen die eigenen heftigen Emotionen. Wir Männer haben es verlernt, uns zu öffnen und Gefühle zu teilen. Wir haben Angst, dass uns das als Schwäche ausgelegt wird. Dabei ist es in Wahrheit ein Zeichen von *Stärke* und der Bereitschaft zur Selbstverantwortung, wenn wir mit anderen über unsere Emotionen sprechen – und ganz nebenbei ein echtes Erfolgsrezept für ein gelingendes Leben."

Ben brummte zustimmend.

„Du hast heute einen guten Anfang gemacht, und ich wünsche mir, dass du es in Zukunft genauso machst!"

„Das werde ich!"

„Und nun, wo wir darüber gesprochen haben: Ist der schlimmste Fall für dich immer noch so bedrohlich? Also deine Angst, dass der Schmerz von früher hochkommt und dich übermannt, wenn du dich mit Camilla aussprichst?"

„Nein, tatsächlich nicht. Ich denke, du hast Recht. Ich werde damit umgehen können, wenn ich nicht versuche, das allein auszutragen."

„Großartig! Wirst du also nach Rom reisen, falls sie ja sagt?"

Ben zuckte mit den Achseln:

„Muss ich das jetzt entscheiden?"

„Nein", lachte Max, „musst du nicht."

*

Am folgenden Morgen wartete eine Überraschung auf Ben: Camilla hatte geschrieben.

„Lieber Ben, ich habe mir das Ganze durch den Kopf gehen lassen. Ich bin einverstanden. Wann hast du denn vor, zu kommen?"

Mit zittrigen Fingern schrieb er zurück:

„Hallo Camilla, danke dir! Ich checke das nochmal und dann besprechen wir das!"

Sofort schrieb er eine Textnachricht an Max:

„Camilla hat zugesagt! Muss jetzt zur Gruppentherapie. Melde mich später!"

Dann machte er sich auf den Weg zur Beratungsstelle.

Wie beim letzten Mal fand die Sitzung draußen statt. Ben befolgte Seidels Rat und nutzte die Gruppe als eine weitere Chance, zu einer Entscheidung zu kommen. Als er mit Sprechen an der Reihe war, schilderte er sein Vorhaben, seine Ex in Rom aufzusuchen, um sich mit ihr auszusprechen – und von seinen

Zweifeln. Außerdem erzählte er von seiner Freundschaft mit Max, davon dass er ein erfahrener trockener Alkoholiker war und dass er ihn auf die Reise begleiten würde. Im Anschluss fragte er in die Runde, was die anderen davon hielten. Sechs der Teilnehmer meldeten sich zu Wort, und die einhellige Meinung war, dass es eine gute Idee sei, mit seiner Ex reinen Tisch zu machen. Außerdem hieß es: Wenn er alleine zu reisen vorhätte, würden ihm alle davon abraten – die Rückfallgefahr wäre zu groß. Da er aber in Begleitung seines Freundes reisen würde, hatte niemand Bedenken.

Ben verließ die Gruppensitzung mit einem guten, zuversichtlichen Gefühl. Er sah sich in seinem Vorhaben bestärkt, und seine letzten Zweifel waren beseitigt. Aber vor allem hatte es ihm gut getan, frei über sich und seine Sorgen reden zu können – mit Menschen, die ihn verstanden. Und auch wenn diese Leute eigentlich noch Fremde waren, spürte er eine Verbundenheit, die ihn stärkte und innerlich wärmte.

Zurück zuhause schrieb er eine weitere Textnachricht an Max:

„Hättest du Zeit, demnächst nach Rom zu fliegen?“

*

Knapp zwei Wochen später landeten Ben und Max am Flughafen Ciampino. Als sie das klimatisierte Gebäude verließen, um nach einem Taxi zu suchen, hatte Ben das Gefühl, als stieße er gegen eine Wand aus heißer, feuchter Luft. Es mochte gut und gerne an die 40 Grad heiß sein.

„Uff!“, machte Max und rang nach Atem.

„Lass uns schnell ein Taxi finden!“, sagte Ben.

„Da vorne ist ein Taxistand!“, erwiderte Max.

Sie zogen ihre Koffertrolleys zum nächsten freien Wagen und stiegen ein. Max begrüßte den Fahrer freundlich auf Englisch und hielt ihm einen Zettel mit der Adresse hin. Sie hatten eine Ferienwohnung im Bezirk Monti gebucht.

Der fröhliche Fahrer antwortete zunächst irgend etwas auf Italienisch und sagte dann: „No problem, Sir, no problem!“ und fuhr los.

Die Fahrt führte über die Via Appia Nuova zunächst an wenig spektakulären Außenbezirken vorbei. Trotzdem sog Ben die neuen Eindrücke begierig auf. Bald stießen sie vor in urbanere Bereiche der Stadt. Zunächst ging es durch eine schmucke Siedlung, deren Erscheinung von Einfamilienhäusern und schlichten Villen geprägt war. Alles sah auf charmante Art leicht heruntergekommen aus. Man spürte, dass die Einwohner es sich zwar würden leisten können, ihr Anwesen in Schuss zu halten, aber auf andere Dinge mehr Wert legten.

Schon nach kurzer Zeit veränderte sich das Stadtbild erheblich: Sie fuhren durch einen Moloch aus vielstöckigen Betonwohnklötzen, deren Fassaden fast durchgängig mit unansehnlichen Graffiti verunziert waren. Ben hatte durchaus etwas übrig für interessant gestaltete Sprayerkunst. Aber das hier waren bestenfalls uninspirierte Krakeleien. Und doch: Auch wenn das hier nicht der beschaulichste Teil der Stadt sein mochte, so hatte auch dieser Bezirk seine eigene kosmopolitische Faszinationskraft.

Schließlich gelangten sie nach Monti, und hier nun präsentierte die Metropole ihre prunkvolleren Facetten: Die Wohnhäuser wirkten dank der klassizistischen Bauweise elegant und mondän. Bald passierten sie ein Ensemble aus mehreren eindrucksvollen Prunkbauten. Max gab einige Auskünfte zu dem, was sie sahen: Es handelte sich um die Erzbasilika San Giovanni in Laterano – eine schlossähnliche Kathedrale von staunenerregender Schönheit und Erhabenheit. Sie war eine der sieben Pilgerkirchen in Rom, die man als gläubiger Christenmensch besichtigt haben musste, und zugleich eine der fünf Papstbasiliken. Bis ins 19. Jahrhundert wurden hier die Päpste gekrönt. Außerdem sahen sie den Lateranpalast sowie den lateranischen Obelisken.

Kurz darauf passierten sie eines der bekanntesten Wahrzeichen der Metropole: Das Kolosseum. Unzählige Touristen tummelten sich hier, reckten die Hälse und machten Selfies.

„Da ist es!", sagte Max, „das Flavianische Amphitheater, fast 2000 Jahre alt! Schon beeindruckend, wenn man es so aus der Nähe sieht!"

„Ja, absolut!"

„Wusstest du übrigens, dass es gar nicht um seiner selbst willen diesen Namen trägt?"

„Nein."

„Vielmehr heißt es so, weil hier früher eine kolossale Statue von Kaiser Nero stand – eine riesenhafte Bronzefigur mit einer Größe von geschätzt 35 Metern, also nur unbedeutend kleiner als die New Yorker Freiheitsstatue ohne Sockel. Das muss ein spektakulärer Anblick gewesen sein."

„Das glaube ich!"

Unweit des Forum Romanum lag ihre Ferienwohnung in einer schmalen Gasse, die von der Hauptverkehrsstraße abging. Auch in dieser Gegend waren die Fassaden in elegant klassizistischem Stil gehalten und erinnerten ein bisschen an die besseren Straßen in Berlin-Mitte oder Prenzlauer Berg, dort, wo die alte Bausubstanz nicht durch den Krieg zerstört war.

Das Taxi hielt, und die beiden Männer stiegen aus. Sogleich wehte sie wieder die brütende Hitze an, die sie nach Luft schnappen ließ. Ben zahlte, und die zwei liefen mit ihren Trolleys die Straße entlang zu ihrer Unterkunft. Auf dem Weg fiel Ben auf, wie laut es hier war. Zu dem normalen Großstadtlärm gesellte sich ein vielstimmiges Konzert von Hupen, die von überall her an ihre Ohren drangen. In der Luft schwebte eine Duftmischung von Benzin, Knoblauch und dem betörenden Aroma irgendwelcher mediterraner Blumen.

Um ihren Schlüssel zu erhalten, mussten die beiden zunächst einen Tabakwarenladen betreten – so hatte die Vermieterin sie in ihrer Mail instruiert. Der Laden war angenehm klimatisiert, und obwohl Ben kein Freund von Tabak war, ging ihm der Duft der ansprechend verpackten Zigarren und der vielfältig aromatisierten Pfeifentabake, die hier in zahlreichen Regalen ausgestellt waren, anregend und wohlig ein.

Hinterm Tresen stand eine kleine zierliche Römerin mittleren Alters mit hübschen braunen Knopfaugen und schwarzem Zopf und begrüßte sie mit einer säuselnden Sopranstimme.

Max übernahm das Reden und erklärte auf Englisch, dass sie ein Zimmer gebucht hätten, worauf das charmante Persönchen ins Englische wechselte, ihnen den Schlüssel gab und alles erklärte. Außerdem musste Ben ein Formular ausfüllen und unterzeichnen. Sodann erläuterte sie ihnen, wie sie in ihre Wohnung fanden, die im zweiten Stock desselben Gebäudes lag. Nachdem sie ihnen fröhlich einen guten Aufenthalt gewünscht und sie verabschiedet hatte, verließen die beiden den Laden, gingen auf der Straße ein paar Schritte weiter und betraten das Treppenhaus.

Offenbar war hier erst vor Kurzem renoviert worden: Die Wände waren in frischem Mintgrün gestrichen, und es roch noch nach Farbe. Über eine knarzende Holztreppe stiegen sie nach oben.

„Jetzt bin ich gespannt auf unsere Wohnung!“, sagte Max mit leuchtenden Augen. Er schloss auf, und die beiden traten in einen luftigen hellen Korridor. Von hier gingen ihre beiden Schlafzimmer ab sowie Bad und Küche.

„Wow!“, entfuhr es Ben, als er das erste Schlafzimmer betrat. Er konnte es nicht anders nennen als edel: Gepflegter Parkettboden, hochwertige Holzmöbel und geschmackvoll gewählte Kunstdrucke mit italienischen Landschaften versprachen, dass man es sich hier gut gehen lassen konnte. Es sah schicker aus als auf den Fotos, die sie im Internet gesehen hatten.

Ähnlich ansprechend zeigte sich auch das zweite Schlafzimmer. Sie besprachen, wer wo schlafen würde und stellten ihre Koffer ab. Dann warfen sie einen Blick ins schlichte, helle Bad, das tadellos gepflegt und sauber war, und in die Küche, die topmodern ausgestattet war und von der aus es durch eine Glastür auf einen kleinen Balkon ging. Hier stand ein kleiner Tisch mit zwei Stühlen, und man schaute auf den pittoresken, grün bewachsenen Hinterhof.

„Herrlich!", freute sich Max. „Da haben wir einen wahren Treffer gelandet!"

„Ja, und es ist wirklich sehr schick, gemessen daran, dass wir gar nicht so übertrieben viel bezahlt haben."

Mit ziemlich viel Glück hatten sie einen Last-Minute-Rabatt ergattert.

„Jetzt aber erst mal die Klimaanlage an!", sagte der Ältere und begann zu erkunden, wie die Geräte in den Schlafzimmern funktionierten.

„Ich schlage vor, wir packen aus, machen uns frisch und starten dann eine kleine Expedition in die Stadt!", sagte Ben. „Ich kann es kaum erwarten!"

*

Ben hatte sich mit Camilla erst für den übernächsten Tag verabredet. Ihm und Max blieb also ein bisschen Zeit, die Stadt zu erkunden. Nachdem sie sich frisch gemacht hatten, traten sie auf die Straße. Es war inzwischen früher Abend, und Ben kam es so vor, als wäre die Hitze ein bisschen milder geworden, wenngleich nicht viel.

„Ich schlage vor, wir flanieren einfach mal ohne Ziel drauf los“, sagte Max. „Ich bin ein Freund davon, sich auch mal abseits zu halten von den bekannten Touristen-Attraktionen. Rom ist im Grunde wie ein riesiges Freilichtmuseum. Du brauchst nur ein paar Minuten zu gehen, um auf irgendein antikes Relikt oder ein historisches Bauwerk zu stoßen. An allen Ecken und Enden gibt es etwas zu besichtigen. Die Stadt ist voller kleiner baulicher Schätze – und ganz nebenbei findest du überall nette Lokale und Geschäfte.“

„Klingt gut!“, sagte Ben, während sie die Gasse entlang schlenderten. Ben war beeindruckt von der Fülle an schmucken Wohnhäusern, prunkvollen Bauten und Kirchen, und wie es schien, gab es alle paarhundert Meter eine Piazza mit einem malerischen Brunnen, an dem Leute saßen, aßen, tranken und plauderten.

Max behielt Recht: Hier auf den Seitenpfaden liefen ihnen vergleichsweise wenige Touristen über den Weg. Ben fiel auf, wie elegant die meisten Römerinnen und Römer gekleidet waren, die sie passierten.

Hier wehte ein ganz anderer Wind als in Berlin, wo die Leute eher trist und möglichst abgeranzt herumliefen.

„Wenn wir da vorne weitergehen", sagte Max, „dann landen wir am berühmten Trevibrunnen. Von dem hast du sicherlich schon gehört, oder?"

„Ich glaube schon."

„Er ist eine der überlaufensten Attraktionen in Rom. Alle Welt schmeißt ihr Geld da rein, denn die Legende besagt: Wenn du eine Münze da lässt, wirst du nach Rom zurückkehren. Bei zwei Münzen wirst du dich in eine Römerin oder einen Römer verlieben und bei dreien diese Person heiraten."

„Wie romantisch!", sagte Ben.

„Romantisch und äußerst lukrativ. Letztens habe ich gelesen, dass die Stadtverwaltung an die 1,5 Millionen Euro jährlich aus dem Wasser fischt."

„Uff! Und was machen die damit?"

„Sie spenden es an Bedürftige."

„Na dann... Hast du denn damals zwei Münzen rein geworfen? Immerhin hast du dich in eine Römerin verliebt."

„Sogar drei", sagte Max augenzwinkernd. „Zusammen mit Giulia. Wir waren allerdings spätabends da, als es nicht so voll war. Wenn es dir nicht zu spät wird, können wir ja nachher mal hingehen."

„Gute Idee!", sagte Ben und fügte hinzu: „Aber eine Römerin hast du dann doch nicht geheiratet."

„Nein", lachte Max. „Der Brunnen hat sein Versprechen gebrochen. Das ist aber auch gut so: Ich hätte mir keine bessere Frau wünschen können als Anna."

„Noch ist es nicht zu spät!“, erwiderte Ben. „Du kannst immer noch eine Römerin heiraten!“

„Wer weiß“, entgegnete Max lachend.

„Wie lange wart ihr eigentlich verheiratet?“

„33 Jahre. Ein Paar waren wir 36.“

„Wahnsinn!“, erwiderte Ben. „So eine lange Zeit! Und wart ihr all die Jahre immer glücklich? Oder hattet ihr auch mal Krisen?“

„Klar gab es auch schwierige Zeiten. Aber gemeinsam haben wir das alles gemeistert. Und im Rückblick kann ich schon sagen: Wir waren wirklich ein glückliches Paar. Aber das kam nicht durch Zufall und nicht von Ungefähr.“

„Inwiefern?“

„Wir mussten erst lernen, ein glückliches Paar zu *werden* und haben viel daran gearbeitet.“

„Wie habt ihr das gemacht?“

„Gerade in der ersten Zeit hatten wir so manche Auseinandersetzung. Kein Wunder eigentlich. Immerhin war ich ein frisch gebackener trockener Alkoholiker und noch dabei zu lernen, ohne Suchtmittel zurechtzukommen. Wir liebten uns sehr, hatten aber auch so manchen Streit. Und deswegen haben wir uns an eine Paartherapeutin gewandt. In der ersten Zeit waren wir alle zwei Wochen bei ihr, später dann nur noch alle zwei, drei Monate. Sie hat einen großen Teil unserer Beziehung begleitet – bis sie vor knapp zehn Jahren in Rente ging. Wir verdankten ihr eine ganze Menge. Immerhin haben wir von ihr das eine oder andere Geheimnis einer langen, erfüllenden Beziehung gelernt.“

„Klingt interessant!", erwiderte Ben. „Erzähl mal!"

„Wenn du magst... komm, wir setzen uns auf die Bank vor dem Brunnen da!"

Sie nahmen Platz und schauten auf den opulenten Wasserspender, der aus Bronze gefertigt war und vier unbekleidete Figuren darstellte, von denen jede nach einer Schildkröte griff, die jeweils über ihnen auf einer flachen Schale krabbelte. Plätschernd rieselten feine Wasserstrahlen über die dargestellte Szenerie.

„Der Schildkrötenbrunnen", erläuterte Max, betrachtete das Kunstwerk andächtig und fuhr fort:

„Weißt du, in der ersten Zeit unserer Beziehung war ich natürlich noch nicht so stabil wie heute. Ich war zwar schon eine ganze Weile lang trocken und hatte schon eine Menge Therapie hinter mir. Trotzdem war ich unsicher. Ich war so erzogen worden, dass ein Mann stark sein muss und keine Gefühle zeigt. Ich wollte vor Anna niemals schwach erscheinen. Deswegen habe ich mich ihr emotional nicht geöffnet. Wenn es mir schlecht ging, wenn ich Sorgen hatte oder sonst irgendwelche emotionalen Probleme, dann versuchte ich, mir nichts anmerken zu lassen und das mit mir selbst auszumachen."

„Aber du hattest doch deine Therapie."

„Richtig. Mit meinem Therapeuten und der Gruppe habe ich damals ein bisschen über diese Dinge geredet. Klar. Aber viel weniger als nötig gewesen wäre – das musste ich mit den Jahren erst lernen. In der Therapie konnte ich mir natürlich Luft machen. Trotzdem kannst du dir vorstellen, dass Anna das sehr wohl spürte, wenn irgendwas in mir brodelte. Sie fragte dann immer nach, und ich antwortete, dass alles okay wäre. Sie ließ das zunächst auf sich beruhen, aber mit der Zeit drängte sie immer häufiger, dass ich mich ihr gegenüber emotional öffnen sollte."

„Das kommt mir bekannt vor. So was habe ich damals auch von Camilla öfter gehört."

„Glaube ich gerne", erwiderte Max. „Und die Frauen mögen das gar nicht. Anna sagte immer, sie fühle sich von mir ausgeschlossen, würde keine Nähe zu mir spüren, ich würde keine Verbindung zu ihr aufbauen – und dass das keine richtige Beziehung wäre. Sie hatte natürlich vollkommen Recht. Man kann erst dann von einer richtigen Partnerschaft reden, wenn man sein emotionales Leben miteinander teilt. Erst dann entsteht ein echtes Gefühl von Nähe und Verbundenheit – und Liebe. Später, als wir unsere Paartherapie machten, musste ich das schrittweise lernen – also, mich auch Anna gegenüber zu öffnen. Lernen, dass sie mich immer noch als starken Mann wahrnahm, selbst wenn ich über meine Gefühle redete – oder besser gesagt: dann erst recht. Denn seine Gefühle zu verbergen ist ja genau genommen ein Zeichen von Schwäche: Man hat nicht den Mut dazu, seine Emotionen zu teilen."

„Tja, man braucht wohl Eier, um Gefühle zu zeigen!", scherzte Ben.

Die beiden lachten, und Max fuhr fort:

„Unsere Therapeutin meinte damals, dass das ein weit verbreitetes Problem in Partnerschaften ist. Meist sind es anscheinend die Männer, die so verschlossen sind – aber beileibe nicht nur. Jedenfalls gab sie uns damals einen Rat, der sich als pures Gold erwiesen und unsere Beziehung von Grund auf zum Positiven gewendet hat."

„Was war das für ein Rat?"

„Sie empfahl uns damals, dass wir uns einmal in der Woche zu einem festen Zeitpunkt zusammen setzen sollten, um uns offen darüber auszutauschen, was uns in den letzten Tagen emotional bewegt hat. Und diesen Termin sollten wir nur in dringenden Ausnahmefällen ausfallen lassen. Klingt erst mal unspektakulär, oder?"

„Ein bisschen schon."

„Aber wenn man es wirklich regelmäßig macht, dann passiert Erstaunliches, glaub mir!"

„Hmm", machte Ben.

„Wir hielten uns an den Rat: jeden Freitag Abend. Am Anfang fühlte es sich seltsam und gezwungen an, aber allmählich wurde es zur Normalität – und schließlich zu einem schönen, bedeutsamen Ritual. Tatsächlich wurde es zur Selbstverständlichkeit, dass wir uns regelmäßig miteinander austauschten. Natürlich redeten wir bald auch außerhalb dieses Termins mehr über das, was uns emotional bewegte – zum Beispiel wenn wir etwas Blödes erlebt hatten oder uns irgendwas Sorgen bereitete oder was auch immer. Mit der Zeit begann ich zu spüren, was Nähe und Verbundenheit wirklich bedeutet. Und es fühlte sich verdammt gut an! Unsere Partnerschaft wurde intensiver – sogar der Sex wurde besser!"

Ben lachte.

„Das lag natürlich auch ein bisschen daran, dass wir auch lernten, über unsere sexuellen Angelegenheiten offen zu reden. Auch dazu hat uns unsere Therapeutin angehalten. Aber es lag vor allem an der generellen Verbundenheit, die wir spürten. Ich würde sagen, dass dieser regelmäßige Austausch eine der wichtigsten Grundlagen unserer glücklichen Beziehung war."

„Klingt gut", sagte Ben.

„Inzwischen weiß ich: Wenn du das Gefühl hast, du kannst ganz du selbst sein – mit allen Fehlern, Schwächen und emotionalen Aufs und Abs – dann weißt du, dass du eine gute Partnerschaft hast. Und wenn das nicht so ist, dann liegt die Beziehung im Argen. Ich meine, wie oft kommt es vor, dass Partner sich gegenseitig ein Theater vorspielen, dass sie in eine Rolle schlüpfen, von der sie meinen, dass der Partner oder die Partnerin sie attraktiv finden würde. Und wie oft vermeiden es Menschen, die weniger attraktiven Seiten ihrer selbst zu offenbaren – ihre unangenehmen Gefühle, die dunkleren Teile ihrer Vergangenheit, die Traumata ihrer Kindheit – all das verbergen sie voreinander, und so bleiben sie sich immer irgendwie fremd, und eine wahre Verbindung kann nicht entstehen. Aber wie wohltuend ist es, wenn man sich seinem Partner ganz so zeigen kann, wie man ist – und trotzdem oder gerade deswegen geliebt wird – glaub mir Ben: Das ist das Beste, was einem im Leben passieren kann."

Ben nickte nachdenklich.

Eine Weile lang blieben sie schweigend sitzen und genossen die Atmosphäre. Mit einem Seitenblick bemerkte Ben, dass der Ältere ein besonderes Interesse an älteren Damen zeigte, immer wenn solche Exemplare an ihnen vorbeikamen. Nicht dass er sie in aufdringlicher Weise angestarrt hätte. Dafür war er zu diskret. Aber es war nicht zu übersehen, dass er sie ein bisschen genauer musterte, als man es normalerweise tun würde. Ben schmunzelte in sich hinein. Es konnte nicht verkehrt sein, wenn der Alte sich für andere Frauen interessierte als seine Anna.

„Und jetzt wird es Zeit, etwas zu essen!“, sagte Max schließlich und erhob sich.

„Oh ja, ich habe vor lauter Zuhören gar nicht gemerkt, wie hungrig ich bin.“

Sie flanierten weiter, bis sie in einer lauschigen Seitengasse eine Trattoria fanden, die vielversprechend aussah. Hier standen hübsche Zweiertische entlang der Ziegelhauswand aufgereiht, mit gelb karierten Tischdecken und weißen Rosen in Vasen. Ein betörender Duft von Tomaten, Oregano und Knoblauch drang ihnen in die Nase und machte Lust auf knusprige Steinofenpizza. Gerade wurde ein Tisch frei, den sie sogleich in Beschlag nahmen.

Sie setzten sich und bestellten Pizza und dazu frisch gepresste Fruchtsäfte. Nachdem der Kellner ihre Getränke gebracht hatte, fragte Ben:

„Nach allem, was du erzählt hast, hattest du mit Anna ja eine sehr harmonische Beziehung. Hattet ihr denn nie Streit?“

„Oh doch, allerdings!“, entgegnete Max. „Es gab Zeiten, in denen wir relativ friedlich miteinander waren, aber dann gab es auch immer wieder Phasen, in denen wir uns massiv in der Wolle hatten. Und es gab ein ums andere Mal Momente, in denen unsere Beziehung kurz vor dem Zerreißen stand. Zum Glück hatten wir unsere Therapeutin, die uns vorm Schlimmsten bewahrt hat.“

„Wie hat sie das geschafft?“

„Sie hat uns wieder und wieder erklärt, dass es manchmal ganz einfach sinnlos ist, eine Einigung zu suchen. Es gibt nämlich Themen, bei denen ein Paar gar keine Einigung finden *kann*. Und die Kunst besteht darin, eine solche Dissonanz auszuhalten und das Streiten ganz einfach zu beenden.“

„Ohne Einigung oder einen Kompromiss?“

„Ganz genau! Es ist sehr wichtig mit einem Streit aufzuhören, wenn klar geworden ist, dass die Streitenden zwei unterschiedliche Standpunkte haben, und beide nicht willens sind, von ihrem Standpunkt abzurücken. Dann muss einer von ihnen so geistesgegenwärtig sein zu sagen: *Okay, die Standpunkte sind jetzt klar geworden, und wir werden uns heute nicht mehr einigen. Lass uns jetzt damit aufhören.* Dann muss man eben damit leben, dass man nicht einig ist. Und gerade das fällt den meisten Menschen schwer, denn sie glauben, man muss nach einem Streit irgendeine Einigung oder einen Kompromiss finden.“

„Hmm...“, machte Ben. „Das hört sich nicht leicht an.“

„Ist es auch nicht. Das gehört mit zu den schwierigsten Dingen in der Partnerschaft – und übrigens auch im Zusammenleben mit allen anderen Menschen: auszuhalten, dass der andere eben anders ist und anders denkt. Dabei ist gerade das die Grundlage einer pluralistischen, demokratischen Gesellschaft – oder schlichter ausgedrückt: eines friedlichen Zusammenlebens der Menschen."

Ben nickte.

„Übrigens: Jetzt kommt eine Zahl die dich vom Stuhl hauen wird! Jedenfalls hat sie das bei mir getan."

„Jetzt bin ich gespannt."

„Laut der neueren Forschung sind durchschnittlich zwei Drittel aller Konflikte in einer Partnerschaft unlösbar."

„Bitte was?"

„Völlig richtig!"

„Und woher weiß man das?"

„Hast du schon mal vom so genannten Love Lab gehört?"

„Ist das nicht so eine chinesische Manga-Serie?"

„Ist es? Aber nein, das meine ich nicht. Ich rede von der Forschung des US-Psychologen John Gottman. Er ist pensionierter Professor in Washington und hat zusammen mit seiner Frau eine Methodik entwickelt, mit der er die Stabilität von Beziehungen untersucht hat – durch direkte Beobachtung. Dabei arbeiten die beiden viel mit Zahlen. Und so sind sie auch auf die zwei Drittel unlösbaren Konflikte gekommen."

„Klingt interessant."

„Ja, ist es tatsächlich. Gottman hat das alles dargelegt in seinem Buch *Die Vermessung der Liebe.* Sehr lesenswert, wie ich finde. Wie der Forscher behauptet, kann er mit einer Treffgenauigkeit von 90 Prozent vorhersagen, ob ein frisch verheiratetes Paar zusammenbleibt oder nach einigen Jahren geschieden wird – und zwar durch Beobachtung ihrer Interaktionen. Demnach gibt es vier Verhaltensweisen – die vier apokalyptischen Reiter – die über kurz oder lang zur Trennung führen. Dabei handelt es sich um Fehler in der Kommunikation."

„Welche sind das?"

„Erstens: Zu viel Kritik, Schuldzuweisungen und Anklagen. Zweitens: Zu viel Abwehr im Streit – das heißt, das man die eigenen Anteile in einem Konflikt verleugnet und die Verantwortung dafür nur dem anderen zuschiebt. Drittens natürlich Geringschätzung des Partners, und viertens das so genannte Mauern, also dass man sich aus der Kommunikation zurückzieht und schweigt. Den letzten Punkt habe ich ja in der ersten Zeit meiner Beziehung mit Anna leider allzu oft praktiziert, also immer dann, wenn ich mich geweigert habe, über meine Gefühle zu sprechen. Wie ich heute weiß, habe ich unsere Partnerschaft damit massiv gefährdet. Aber auch mit zwei anderen dieser vier Punkte hatten Anna und ich zu tun."

„Welche?"

„Vor allem den ersten. Kritik und Schuldzuweisung. Das konnten wir beide gut. Wenn wir richtig in Fahrt waren, haben wir uns die Vorwürfe nur so um die Ohren gehauen. Und genau das war immer wieder

Thema mit unserer Therapeutin. Sie musste uns immer wieder an die Spielregeln erinnern."

„Spielregeln?"

„Ja, Regeln, mit denen man verhindert, dass ein Streit eskaliert und man sich unnötig verletzt. Eine Regel lautet: Mache keine Vorwürfe, sondern rede über deine Gefühle."

„Was heißt das?"

„Nehmen wir an, deine Partnerin kommt dauernd zu spät zu Verabredungen. Spätestens beim dritten Mal bist du genervt oder sogar wütend und denkst, es ist Zeit, das mal anzusprechen. Die Frage ist: Wie machst du das? Der Durchschnittsmensch würde jetzt seinem Ärger Luft machen und in etwa sagen: *Du kommst dauernd zu spät! Was soll das? Das ist äußerst unhöflich! Ich finde das nicht in Ordnung*! - und so weiter. Kurz: Er würde Vorwürfe machen."

„Klar. Würde ich genauso machen."

„Aber das ist ungünstig, weil sich deine Partnerin sofort angegriffen fühlen – und verteidigen wird. Der Streit ist vorprogrammiert. Sie wird gar nicht erst anfangen, über deine Kritik nachzudenken, geschweige denn etwas zu ändern, weil sie stattdessen damit beschäftigt ist, sich gegen deinen Angriff zu verteidigen – weil ihr Ego verletzt ist. Schlauer ist es, sich die Vorwürfe ganz zu sparen und stattdessen über die eigenen Gefühle zu reden. Du sagst also lieber: *Weißt du, wenn du nicht zur verabredeten Zeit kommst, dann sitze ich hier rum und warte, fühle mich von dir nicht ernst genommen und ärgere mich. Ich möchte dich deshalb bitten, mehr auf Pünktlichkeit zu achten.*

Oder so ähnlich. Natürlich ist das keine Garantie dafür, dass es keinen Streit gibt, aber zumindest fühlt sich deine Partnerin nicht von dir angegriffen und kann also einigermaßen sachlich auf dein Anliegen eingehen."

„Okay, ich glaube, ich verstehe den Unterschied."

„Im Grunde eine einfache Regel. Aber sie ist im Alltag so schwierig anzuwenden, gerade wenn man in Fahrt ist. Jahrelang musste unsere Therapeutin uns wieder und wieder darauf aufmerksam machen, wenn wir uns doch wieder nicht an diese Regel gehalten haben."

„Das glaube ich", lachte Ben.

„Aber wir wurden besser mit der Zeit – und unsere Konflikte wurden friedlicher."

„Du hast vorhin von Spielregeln gesprochen", knüpfte Ben wieder an, „also Plural. Was gibt es noch für Regeln?"

„Wichtig ist auch, dass man immer nur über das Verhalten des anderen redet und nicht über seine Person oder seinen Charakter."

„Wie meinst du das?"

„Na um beim Beispiel mit der Unpünktlichkeit zu bleiben – sag niemals etwas wie: *Du bist der unpünktlichste Mensch, den ich kenne* oder *du bist total unzuverlässig* oder Ähnliches. Das ist nämlich ein Angriff auf die Person des anderen. Deine Partnerin wird sich dann als Mensch im Ganzen in Frage gestellt und attackiert fühlen – und sich entsprechend verteidigen, anstatt sachlich anzuhören, was dich stört. Und die Sache wird eskalieren. Besser ist zu sagen: *Ich habe jetzt drei Mal in Folge auf dich gewartet.* Das ist zunächst mal eine sachliche Feststellung und enthält keinen Angriff oder Kritik an der Person, sondern ist nur eine Beschreibung des Verhaltens. Mit so einer Formulierung stehen die Chancen weitaus besser, dass ihr wirklich konstruktiv über die Sache redet."

„Klingt einleuchtend."

„Und ist natürlich auch in Konflikten mit allen anderen Menschen anwendbar – Verwandten, Arbeitskollegen oder wem auch immer.

Und eine dritte wichtige Regel ist: Aufgeschlossen zuhören, wenn der andere etwas anspricht, was ihn stört. Habe die Bereitschaft, dir das anzuhören und in Erwägung zu ziehen, dass etwas dran ist. Verteidige dich nicht stur, sondern sei offen für Selbstkritik und sei bereit, dich zu verändern und an dir zu arbeiten."

„Ach ja, das war ja auch einer von den vier apokalyptischen Reitern von diesem Gottman."

„Ganz genau! Ich sehe, du hast gut zugehört."

„Ja, habe ich. Das alles finde ich sehr interessant."

„Ah, jetzt kommt unser Essen!"

Die Pizzen waren im Vergleich zu den Berliner Größen riesenhaft, die Ränder überragten die Teller vermutlich um eine Handbreit, und man sah den leicht gebräunten, mit Luftblasen aufgeblähten Teigrändern an, dass sie im Mund herrlich knuspern und krachen würden, während der reichliche Käse schön zerlaufen und braun angeröstet war – ein unwiderstehlicher Anblick.

Die beiden probierten und gerieten in schwärmende Verzückung.

„Oh mein Gott!“, entfuhr es Ben. „Das ist mit Abstand die beste Pizza meines Lebens!“

„Willkommen in Rom!“, grinste Max, der ebenfalls im siebten kulinarischen Himmel schwebte.

„Können wir bitte für immer hier bleiben?“, fragte Ben.

Die beiden lachten, genossen ihr Abendessen und gönnten sich danach einen Cappuccino.

Als sie die Trattoria verließen, war es längst dunkel geworden, und Ben und Max flanierten durch die milder gewordene Abendluft. Wie zuvor besprochen steuerten sie den Trevibrunnen an. Dort angelangt erwies sich, dass Max Recht behalten hatte: Hier zeigte sich eine Handvoll Touristen, von einem Gedränge konnte keine Rede sein.

Das üppige spätbarocke Bauwerk überraschte durch seine monumentalen Dimensionen. Mit 26 Metern Höhe und 50 Metern Breite war er mit Abstand der größte Brunnen Roms, wie Max erläuterte. Er war Teil des Palazzo Poli, des früheren Wohnsitzes wohlhabender römischer Adliger und heutigen Ausstellungsortes.

„Jetzt bin ich also tatsächlich wieder da“, sagte Max. „Immerhin hat der Brunnen sein Versprechen gehalten, dass er mich wieder herbringt. Es kommt mir vor, als wäre es vor ein paar Wochen gewesen, dass ich mit Giulia hier saß und wir uns mit Händen und Füßen auf Englisch unterhielten.“

Ben bemerkte, dass Max mit einem leicht entrückten Lächeln auf den Brunnen schaute.

„Du suchst nach ihr, oder?“, fragte er den Älteren.

„Was? Wie kommst du darauf?“

„Mir ist aufgefallen, wenn wir irgendwo sitzen oder rumlaufen, dann nimmst du Damen in deinem Alter genauer unter die Lupe, so als suchst du nach jemandem Bestimmten.“

„Ach was!“, wehrte Max ab. Allerdings grinste er dabei wie ein Lausebengel, den man beim Schokoladeklauen erwischt hatte.

„Wie sah sie denn aus, deine kleine Römerin?“

Max sah versonnen in die Ferne, dachte nach und sagte dann mit einem Schmunzeln:

„Ja, klein war sie in der Tat. Klein und zierlich. Und sie hatte – ungewöhnlich für eine Italienerin – rotblonde Haare zu ihren braunen Augen, die in der Sonne golden schimmerten. Eine seltene und unglaublich reizvolle Kombination...“

„Na wer weiß, vielleicht läuft sie dir ja wirklich noch über den Weg“, erwiderte Ben mit einem Augenzwinkern.

„Das wäre schon ein ganz schön verrückter Zufall.“

„Aber wer weiß? Verrückte Zufälle kommen vor!“

„In der Literatur nennt man so etwas dann Deus ex Machina...“

„Wieder Latein?“

„Na, immerhin sind wir ja in Rom!“

„Stimmt. Aber der Ausdruck kommt mir bekannt vor. Hat was mit Dramaturgie zu tun, so viel weiß ich noch.“

„Also, Ben! Als Regisseur solltest du das aber besser wissen!“

„Ich mache Fernsehen, nicht Literatur!", verteidigte sich der Getadelte.

„Auch wieder wahr. Der Begriff stammt aus dem antiken Theater. Deus heißt Gott. Und Machina natürlich Maschine. Der Gott aus der Maschine! Damals glaubten die Menschen, dass die Götter aktiv in das irdische Geschehen eingriffen. Und daher war es für sie ganz selbstverständlich, dass sie das auch auf der Theaterbühne taten. Wenn der Held vor einer unlösbaren Aufgabe stand, dann erschien ihm – sofern er Glück hatte – ein Gott und half ihm aus der Patsche. Dafür hatten die Römer – genau wie die Griechen – in ihren Theatern eine Apparatur – also eine Art Kran, der dazu diente, dass der Gott, dargestellt von einem Schauspieler, spektakulär aus dem Himmel hinab zur Erde schweben konnte – der Gott aus der Maschine."

„Stimmt. Jetzt erinnere ich mich."

„Damals war dieses dramaturgische Element nicht nur erlaubt, sondern wurde sogar vom Publikum erwartet. Heutzutage ist es hingegen verpönt. Es gibt keine Götter mehr, und der Held muss sich alleine aus dem Schlamassel befreien. Wenn heutzutage ein Gott – oder auch nur der schiere Zufall für die Lösung des Problems sorgen würde, dann würde das Publikum das als unbefriedigend empfinden."

„Aber es wäre doch schön, wenn jetzt irgend eine unsichtbare Gottheit aufkreuzen und dich zu deiner Giulia führen würde."

„Tja", lachte Max, „das würde ich mir gefallen lassen. In diesem Fall wäre wohl Venus zuständig – die Göttin der Liebe. Bei den Griechen trug sie übrigens den Namen Aphrodite. Das wäre dann die Dea ex Machina."

„Schon lustig", erwiderte Ben. „Überall, wo wir uns rumtreiben, haben wir es mit antiken Göttern zu tun."

Die beiden lachten.

„Und?", sagte Max dann, „wirst du ein bisschen Geld in den Brunnen werfen?"

„Tja, warum eigentlich nicht?"

„Die spannende Frage ist: Wie viele Münzen wirst du reinschmeißen?"

„Ja", lachte Ben.

„Nur mal so als kleiner Hinweis", schmunzelte Max, „Camilla dürfte wohl inzwischen als Römerin gelten."

„Und?"

„Wer weiß? Vielleicht verliebst du dich wieder in sie, wenn du zwei Münzen rein wirfst."

„Hmm", machte Ben, „und bei dreien heirate ich sie am Ende noch?!"

„Könnte passieren!", lachte Max.

„Die Götter mögen es verhüten!", lachte Ben mit. „Ich denke, ich werde es bei einer Münze belassen. Es genügt mir, wenn ich wieder herkomme."

Max sah ihn forschend an und grinste:

„Na wer weiß, was am Ende bei eurem Wiedersehen herauskommt."

„Tja...", machte Ben nachdenklich.

Mit einem Mal kam Wind auf, und ein entferntes Grummeln ertönte.

„Wie es scheint, hat Donnergott Jupiter schlechte Laune!", sagte Max. „Du weißt ja, das ist die römische

Version von unserem Freund aus Kreta: Zeus. Wir sollten wohl besser zusehen, dass wir in unsere Wohnung kommen, bevor wir in ein Unwetter geraten."

„Stimmt."

„Aber vergiss nicht, deine Münze zu werfen!"

Ben holte ein Zwei-Cent-Stück aus der Brieftasche und wollte gerade werfen, als Max sagte:

„Nicht so! Rückwärts über die linke Schulter! So hat es mir jedenfalls Giulia damals beigebracht."

So tat Ben und sagte dann:

„Und was ist mir *dir*?"

„Ich habe schon beim letzten Mal geworfen."

„Na und? Vielleicht kannst du Venus ja auf diese Art ein bisschen Beine machen, damit sie dich zu deiner Giulia führt."

Max zögerte.

„Na los!"

Immer noch rührte Max sich nicht.

„Ist es wegen Anna?"

Max nickte und sagte:

„Es kommt mir wie ein Betrug vor, wenn ich mir hier eine andere Frau wünsche."

„Wie? Aber du hattest vor Kurzem sogar schon Dates!"

„Ja, aber das hier ist was anderes."

„Max, kann das sein, dass du abergläubisch bist?"

„Ein bisschen vielleicht."

Ben nickte grinsend und sagte dann:

„Vielleicht ist es wirklich langsam Zeit, dass du Anna loslässt."

Max schaute ihn an, dachte nach und sagte:

„Ach was solls…“

Daraufhin holte er Münzen hervor, nestelte damit herum und steckte dann einige davon wieder weg.

„Zeig, wie viele hast du?“

Max öffnete seine Hand und zeigte zwei Münzen.

„Nur zwei?“

„Ich bin zu alt, um nochmal zu heiraten!“, lachte er und warf die Münzen über seine Schulter.

„Na bitte!“, sagte Ben und klopfte Max auf den Oberarm. „Dann kann Venus ja jetzt in Aktion treten.“

Ein neues Donnergrollen ertönte, diesmal schon deutlich lauter.

„Im Moment ist es wohl eher Jupiter, der in Aktion tritt. Lass uns zusehen, dass wir hier wegkommen!“

*

Am folgenden Tag war die Luft deutlich milder. Das Gewitter in der Nacht hatte Ben zwar einen unruhigen Schlaf beschert, dafür aber auch eine wohltuende Abkühlung gebracht. Jetzt schien wieder die Sonne, und nur einzelne feine Schönwetterwolken zierten den azurblauen Himmel. Er spürte die Unruhe in sich anschwellen – immerhin sollte er am kommenden Tag mit Camilla zusammentreffen. Für heute hatten sich die beiden Männer vorgenommen, einige Sightseeing-Klassiker abzuklappern.

Sie sahen sich das Kolosseum aus der Nähe an – das größte Amphitheater der Welt und das vermutlich bekannteste Wahrzeichen der Stadt. Auf eine Innenbesichtigung verzichteten sie, da die Schlange an der Kasse einfach nur lang war.

„Deswegen sagt man Ewige Stadt“, scherzte Max. „weil man überall ewig ansteht.“

Weiterhin besichtigten sie das Forum Romanum – den ältesten Marktplatz der Metropole und Mittelpunkt des kulturellen und gesellschaftlichen Lebens in der römischen Antike. Danach ging es weiter zum Pantheon – das vermutlich besterhaltene antike Bauwerk mit seiner enormen Kuppel, die über anderthalb Jahrtausende lang die größte der Welt war und von der man sagte, dass moderne Architekten rätselten, wie die Menschen in der Antike das hinbekommen hatten.

Schließlich machten sie einen Abstecher zu jenem Ort, von dem Max schon in Berlin gesprochen hatte: der Pyramide des Caius Cestius. Nachdem Kaiser Augustus Ägypten erobert hatte, kam die ägyptische Kultur im Römischen Reich in Mode. Und so ließ der Prätor Cestius Epulo im Jahrzehnt vor Christi Geburt diese seine Grabstätte erbauen, die etwa ein Viertel der Größe der Cheopspyramide aufwies. Das Bauwerk war ein seltsamer, unerwarteter Anblick.

„Jetzt muss ich dich noch zu einem besonderen Ort entführen“, sagte Max.

„Puh, mir tun schon die Füße weh!“, erwiderte Ben.

„Keine Sorge, es sind nur ein paar Schritte.“

„Und wo geht es hin?“

„Zum Cimitero Acattolico.”

„Nie gehört.“

„Das ist ein protestantischer Friedhof."

„Wie aufregend...", gab Ben zurück.

„Aufregender als du denkst... ein kleiner Geheimtipp, den ich von Giulia kenne. Lass dich überraschen. Auf gehts!"

Der Friedhof entpuppte sich als ein malerisches, romantisches Idyll. Unter Pinien und Zypressen wuchsen kunstvoll gestaltete Grabsteine, Stelen, Marmorengel und Statuen aller Art aus dem Boden. In einigen Bereichen wirkte das Gelände beinahe wie ein pittoresker Schlosspark. Und überall trollten und tummelten sich Katzen, die von Römern wie von Touristen nicht nur geduldet, sondern besonders liebevoll versorgt wurden, wie Max erläuterte.

„Dieser Gottesacker ist tatsächlich etwas Besonderes", sagte er. „Du musst bedenken, dass Rom als Zentrum der katholischen Welt in früheren Zeiten nicht sonderlich aufgeschlossen war für andere Religionen und Konfessionen. Nun wurde die italienische Kultur im 18. Jahrhundert große Mode, und alle Welt reiste nach Rom oder verlegte sogar den Wohnsitz hierher – vor allem Künstler, Schriftsteller, Intellektuelle und kulturell Interessierte aller Art. So auch Goethe auf seiner Italienreise. Viele dieser Leute waren Protestanten. Und wenn sie starben, landeten sie auf diesem Friedhof. Da die katholische Kirche Protestanten natürlich nicht als richtige Christen anerkannte, durften hier bis ins 19. Jahrhundert keine Kreuze verwendet werden. Und die Beerdigungen mussten bei Nacht stattfinden."

„Wie charmant..."

„Goethes Sohn August machte genau wie sein Vater eine Italienreise und starb in Rom an den Pocken. Und so wurde er hier beerdigt, genau wie Wilhelm von Humboldt und seine Söhne – und ganz nebenbei der berühmte britische Romantik-Dichter John Keats. Die Liste der hier Beerdigten liest sich wie ein Who is who der Kultur des 18. Jahrhunderts, wenn auch nicht alle diese Künstler und Intellektuellen heute noch allzu bekannt sind."

„Der Club der toten Dichter", scherzte Ben, und nachdem sie sich noch eine Weile lang umgesehen hatten, verließen die beiden den denkwürdigen Ort, um irgendwo einen Happen zu Abend zu essen.

Es verschlug sie in eine Trattoria, die ganz und gar untypisch italienisch aussah, und in der es nur Innenplätze gab, was sie aber angesichts des milderen Abends zur Abwechslung auch mal als ganz angenehm empfanden. Sie nahmen an einem der freien Zweiertische Platz, und Ben sah sich um. Die Innenarchitektur dieses Lokals war zeitgenössisch-schick gehalten, das Design der schlichten Möbel war offenbar sehr durchdacht auf die ebenfalls einfach-eleganten Accessoires wie Wandlampen, Kerzenständer und Regale abgestimmt, ebenso die modern-abstrakten Malereien an den Wänden. Sie bestellten Spaghetti Carbonara für Ben und Penne all'arrabbiata für Max, dazu hausgemachte Limos.

„Wie geht's dir wegen morgen?", fragte Max.

„Tja... keine Ahnung...", erwiderte Ben, während er spürte, wie seine Hände zitterten.

„Du tust das Richtige!", sagte der Ältere und klopfte ihm aufmunternd auf den Unterarm.

Der Kellner kam, und nachdem er ihre Getränke abgestellt hatte, fragte Max:

„Und weißt du schon in etwa, was du sagen willst?"

Ben überlegte kurz und entgegnete:

„Komisch... ich habe in der letzten Zeit oft darüber nachgedacht und mir Einiges zurechtgelegt... aber jetzt weiß ich gar nichts mehr. Mir schwirrt der Kopf."

„Verständlich..."

„Max, du musst mir helfen. Was soll ich Camilla morgen sagen?"

„Ganz ehrlich? Ich glaube, das Wichtigste wird sein, dass du sie um Verzeihung bittest."

Ben war gerade dabei zu trinken, und nun fiel ihm fast das Glas aus der Hand.

„Moment mal... *ich* soll *mich* entschuldigen?!"

„Ganz genau!"

Ben lachte nervös und fragte sich, ob der Alte ihn auf den Arm nehmen wollte.

„Und wofür genau?"

„Du bist damals sang- und klanglos aus ihrem Leben verschwunden – ohne mit ihr zu reden – und das nach einer jahrelangen Beziehung."

„Völlig richtig! Weil sie mich betrogen hat – mit meinem besten Freund! Also war eindeutig *sie* es, die die Beziehung beendet hat. Und folglich ist *sie* es, die mir eine Entschuldigung schuldig ist!"

„So kann man es sehen. Muss man aber nicht zwangsläufig."

„Pff!", machte Ben.

„Lass mich erklären. Ich will mit keinem Wort sagen, dass Camillas Seitensprung in Ordnung war oder dass das nur halb so wild ist oder so etwas. Im Gegenteil: So etwas sollte in einer guten Beziehung nicht vorkommen – vorausgesetzt natürlich, dass man überhaupt Treue wichtig findet. Ich meine, heutzutage kann jedes Paar selbst entscheiden, wie es die Themen Sexualität und Treue handhaben möchte. Und wenn ein Paar sich darauf einigt, dass Treue wichtig ist, dann ist ein Seitensprung natürlich ein massiver Angriff auf das Vertrauen in die Beziehung insgesamt."

„Allerdings. Und tut nebenbei höllisch weh."

„Ganz richtig. Aber aus ihrem Leben zu verschwinden, ohne ein Wort darüber zu reden, war ebenfalls nicht in Ordnung."

Ben zuckte mit den Schultern.

„Ich verstehe vollkommen", fuhr Max fort, „dass du eine Entschuldigung von ihr erwartest. Aber ich frage dich: Wie viel ist eine erzwungene Entschuldigung wert? Was würde dir eine Entschuldigung bedeuten, die du von ihr einforderst und die sie dir womöglich nur zähneknirschend gibt? Was du suchst, ist ein bisschen Balsam für deinen verletzten Stolz. Was du in Wahrheit aber *brauchst*, ist eine *echte* Versöhnung. Du willst deinen inneren Frieden finden, aber ein Gerangel um eine aufgenötigte Entschuldigung hat nichts mit Frieden zu tun."

Ben hörte sich das an, und es mochte gut klingen, aber er spürte einen Widerstand, Max zuzustimmen.

„Wir haben ja schon darüber gesprochen, dass es

in jeder Beziehung wichtig ist, die eigenen Anteile an Konflikten zu sehen und nicht alle Verantwortung dem anderen in die Schuhe zu schieben. Ich glaube, Ben, dass immer beide Seiten ihren Anteil haben."

„Blödsinn!", entfuhr es Ben. „Sorry, wenn ich das so hart sage, aber es ist doch Quatsch, dass immer beide ihre Anteile haben. Sie hat mich betrogen! Ich hatte damit nichts zu tun!"

„Ich gehe jede Wette ein, dass du auch daran deine Anteile hattest. Du wirst ja morgen mit ihr sprechen – und dann wirst du es vielleicht erfahren."

„Ganz ehrlich, Max...", sagte Ben, wusste aber nicht, was er weiter sagen sollte.

„Wenn du jetzt im Gespräch mit ihr sagst, dass du sie um Verzeihung bittest, wird ihr das nicht nur deine Größe offenbaren. Es wird auch für dich selbst eine Befreiung sein, weil du aufhörst mit dem Kampf, mit dem Groll, mit all den unguten Emotionen, die mit dieser ganzen Sache für dich verbunden sind. Und erst so eröffnest du ihr die Chance, dich ihrerseits um Verzeihung zu bitten – und zwar ehrlich und aufrichtig. Nur so werdet ihr eine echte Versöhnung herbeiführen – und du deinen Frieden finden."

„Versöhnung, Versöhnung... das klingt immer so, als wollte ich wieder mit ihr zusammen kommen."

„Ach was!", erwiderte Max. „Es geht einzig und allein darum, das Kriegsbeil zu begraben, damit wieder Ruhe einkehrt."

Nachdenklich schüttelte Ben den Kopf, während der Kellner die Pasta brachte.

„Es ist nur eine Idee, Ben", sagte Max. „Du bist völlig frei in deiner Entscheidung, wie du das Ganze handhaben möchtest. So oder so: Auf jeden Fall wünsche ich dir, dass es für dich gut ausgeht!"

„Danke... das hoffe ich auch..."

*

In dieser Nacht fand Ben wenig Schlaf. Die Gedanken gaben keine Ruhe, und natürlich schwirrte ihm auch im Kopf herum, was Max ihm geraten hatte. Dieser Tipp widersprach so ganz und gar dem, was Ben empfand und wie er die Sache sah. Und überhaupt: Niemand war perfekt, auch Max nicht. Auch wenn er vermutlich der weiseste Mensch war, dem er je begegnet war, so war auch klar, dass selbst der mal falsch lag – und offensichtlich irrte er in diesem Punkt.

Beim Frühstück saßen die beiden weitgehend schweigend bei einander. Ben war nicht nach Reden zumute. Als es schließlich so weit war aufzubrechen, wünschte Max ihm viel Glück und sagte:

„Ruf mich an, wenn ihr fertig seid – oder wenn irgendwas ist, okay?"

Ben nickte und machte sich dann auf den Weg.

Ihm schlug das Herz bis zum Hals, als er die Straße in Monti entlanglief, in der das Café lag, in dem sie sich verabredet hatten. Bald hatte er es erreicht. Von außen eher unauffällig entpuppte es sich innen als ein uriges, kuscheliges Wohlfühl-Fleckchen, das etwa eingerichtet war wie ein Wohnzimmer in den Fünfzigerjahren.

Er setzte sich und bestellte einen Latte Macchiato. Als er Zucker hineinschüttete und umrührte, merkte er, wie seine Hände zitterten. Nervös sah er sich um. Einige Naturholz-Tische mit Häkeldeckchen standen vor angejahrten Stoffsofas mit dazu passenden Cocktail-Sesseln, an den Wänden Regale mit antiquarischen Büchern, der Parkettboden mit Orientteppichen ausgelegt. Wenn die Zusammenstellung auch recht beliebig wirkte, so stimmte doch der vintagemäßige Gesamteindruck und das Gefühl, in einem Wohnzimmer zu sitzen, statt in einem Lokal.

Mit einem Mal öffnete sich die Tür, und da war sie! Ihre palisanderbraunen Haare hatte sie zu einem Zopf gebunden und trug weiße Jeans zu einer ebenfalls weißen Bluse, was ihren schönen mediterranen Teint eindrucksvoll zur Geltung brachte. Er musste schlucken. Sie war weitaus schöner als in seiner Erinnerung. Offenbar hatte sie mit den Jahren an Ausstrahlung gewonnen, außerdem bekam ihr die italienische Sonne sichtlich gut. Sie erkannte ihn, kam mit bemerkenswert ungerührter Miene auf ihn zu und schaute ihn mit ihren leuchtend grünen Augen an. Er stand auf, streckte ihr die Hand entgegen und sagte:

„Camilla?“

„Hallo Ben!“

Leicht verlegen gaben sie sich die Hand und nahmen Platz, Camilla ihm gegenüber.

„Du siehst gut aus!“, sagte sie dann, mit einem angedeuteten Lächeln.

„Danke. Du siehst auch gut aus. Umwerfend!"

Er wunderte sich selbst, dass er ihr so ein überschwängliches Kompliment machte – aber er sprach nur aus, was er empfand.

„Danke!", sagte sie, wieder mit flüchtigem Lächeln.

„Du hast also deinen Traum wahr gemacht."

„Das stimmt. Ich bin angekommen, wo ich immer hinwollte."

Der Kellner erschien, und Camilla bestellte dasselbe, was Ben hatte.

„Wie lange bist du eigentlich schon hier in Rom?"

„Seit drei Jahren.", sagte sie. Noch immer wirkte ihre Mimik indifferent. Nicht gerade kühl, aber unzugänglich und reserviert. „Aber jetzt musst du mir mal sagen, wie du mich überhaupt gefunden hast."

Ben erzählte ihr, dass er Kontakt mit Armin und Hilbert aufgenommen hatte und sie nicht viel mehr wussten, als dass Camilla nach Rom ausgewandert war. Dann sei ihm wieder eingefallen, dass sie ihm damals erzählt hatte, sie träume von einer Buchhandlung in Rom.

„Wieso hast du eigentlich keinen Kontakt mehr zu den beiden?"

„Ach, das ist eine lange Geschichte. Wir haben irgendwann Streit bekommen wegen einer Lappalie, und dann haben wir uns auseinander gelebt."

„Schade eigentlich. Ich fand die zwei immer ganz nett."

„Nett ja – aber auch anstrengend."

Ben nickte.

„Okay“, sagte Camilla und setzte sich etwas gerader hin. „Genug Small Talk. Du wolltest mit mir reden.“

„Ja, richtig“, erwiderte er und spürte, wie er nervös wurde.

„Also schieß los!“, sagte sie, und Ben blickte kurz in ihre Augen, die ihn erwartungsvoll anfunkelten. Er konnte ihr ansehen, dass sie auf eine Konfrontation eingestellt war und wich ihrem Blick aus. Es war klar, dass das kein leichtes Gespräch werden würde.

Eine Weile lang schwieg er, bis sie sagte:

„Und?“

Ben räusperte sich und fragte:

„Warum hast du das getan?“

„Wow!“, machte sie und sah ihn pikiert an. „Direkt mit dem Portal in den Palazzo!“

„Ja!“, sagte er und spürte, wie Wut in ihm hochkam.

„Denk mal nach, Ben!“, sagte sie. „Vielleicht kommst du von selbst darauf.“

„Bitte was?“, fragte er, zunehmend aufgebracht. „Wie sollte ich darauf kommen?“

„Das Ganze hatte eine Vorgeschichte. Schon vergessen?“

„Vorgeschichte?! Was denn bitte für eine Vorgeschichte?! Diese Sache kam für mich völlig überraschend! Wie ein Tornado aus heiterem Himmel!“

„Tss“, machte Camilla und verdrehte bitter lachend die Augen. Dann sah sie ihn an und schüttelte den Kopf.

Wie konnte sie so selbstgerecht reagieren? Ben spürte, wie er vor Ärger kaum noch Luft bekam.

„Was soll das heißen?“, fragte er. „Willst du etwa andeuten, dass ich selbst schuld war an allem?“

Sie sah ihn an mit einem Blick, der in etwa besagte: *Jetzt tu nicht so, als wüsstest du nicht, wovon ich rede.*

„Und?“, fragte er.

„Ben, komm schon!“

Er starrte sie entgeistert an und sagte dann:

„Ich habe nicht die geringste Ahnung, worauf du hinaus willst!“

„Du erwartest aber jetzt nicht wirklich von mir, dass ich dir das auch noch ausbuchstabiere, oder?“

Ben spürte, wie seine Wut überkochte. Sein Puls raste und pochte schmerzhaft in seinen Schläfen. Ihm war so, als würde er im nächsten Moment einen Herzinfarkt bekommen. Er starrte ihr ins Gesicht und dann entfuhr es ihm:

„Erst vögelst du meinen besten Freund wie ein billiges Flittchen, und dann tust du noch so, als wäre ich daran selbst schuld?“

„Das muss ich mir nicht anhören“, sagte sie beherrscht, stand auf und verließ das Lokal.

„Fuck!“, fluchte Ben. Ihm war schwindlig vor Wut, Sternchen kreisten vor seinen Augen, und er hätte sich am liebsten die Zunge abgebissen. Er atmete ein paar Mal durch, dann griff er nach seinem Handy und rief Max an.

„Seid ihr schon fertig? Wie ist es gelaufen?“, fragte der Ältere.

„Maximal beschissen!“, presste Ben hervor.

„Oh, ich höre schon. Du bist ganz schön in Rage. So kenne ich dich gar nicht!"

„Können wir uns sehen?"

„Ja klar!"

Wenig später trafen sie sich an einer Piazza unweit des Cafés.

„Was ist passiert?", fragte Max.

Ben berichtete. Als er geendet hatte, sagte Max:

„Du hast sie ein billiges Flittchen genannt?"

„Verdammt!", stieß Ben hervor, „das ist mir so raus gerutscht. Ich habe Rot gesehen."

„Oje oje", machte Max.

„Das wars dann wohl... es war eine absolut blöde Idee, herzukommen. Ich hätte es mir denken können..."

„Nun zieh keine voreiligen Schlüsse! Noch ist nicht alles verloren."

„Findest du, ja?!", fragte Ben entnervt.

„Du solltest ihr unbedingt eine Nachricht schicken, in der du dich entschuldigst – falls du das nicht schon gemacht hast."

„Nein, habe ich nicht."

„Na, dann los!"

„Wozu soll das gut sein?"

„Ben, du bist hergekommen, um Frieden zu schließen. Stattdessen bringst du jetzt noch mehr Unfrieden mit nach Hause. Das solltest du nicht auf sich beruhen lassen!"

Ben ächzte:

„Also gut..."

„Komm, lass uns da drüben hinsetzen!"

Sie nahmen Platz auf einer Bank, von der sie auf die Piazza und die vorbeieilenden Menschen schauten.

Ben holte sein Smartphone hervor, überlegte und schrieb:

„Hey Camilla. Sorry, das habe ich nicht so gemeint. Tut mir leid."

Er zeigte Max die Nachricht. Der las sie und schaute Ben an.

„Im Ernst? Das willst du ihr schicken?"

Ben zuckte mit den Schultern.

„Ich bin sicher, das kannst du besser!", munterte der Ältere ihn auf.

Ben stöhnte, dachte nach und tat sich ziemlich schwer, bis er schließlich eine aufrichtigere Entschuldigung zustande brachte:

„Liebe Camilla, was ich gesagt habe, ist eigentlich unverzeihlich. Ich bitte dich trotzdem von Herzen um Entschuldigung! Die Gäule sind mit mir durchgegangen. Das alles ist für mich sehr emotional. Ich denke das nicht wirklich über dich! Ich hoffe, du kannst mir das nachsehen."

Er las es nochmal durch, dann zeigte er es Max, der es las und für gut befand.

„Also, schick es ab! Mal sehen, ob sie antwortet", sagte der Ältere.

So tat Ben, und Max fuhr fort:

„Ich kann das gut nachempfinden – das mit der Wut, meine ich. Ich war früher auch manchmal ein ganz schöner Hitzkopf – oder wie Anna damals sagte: ein Brausewind."

„Du?", fragte Ben. Er konnte sich das beim besten Willen nicht vorstellen. Max war der gelassenste und in sich ruhendste Mensch, den er kannte.

„Ja, allerdings!", sagte Max. „Auch das war oft Thema in meiner Therapie und wurde immer sehr ernst genommen. Wut ist nämlich ein häufiger Rückfallgrund. Jeder Alkoholiker weiß, dass ein, zwei Gläschen wunderbar helfen, sich zu beruhigen, wenn man auf 180 ist. Deswegen ist es wichtig, dass man lernt, mit Wut umzugehen – sie zu managen. Das schützt nicht nur vor Rückfällen, das ist generell eine wichtige Fähigkeit im Leben – und in Beziehungen. Wenn du willst, kann ich dir dazu ein bisschen was erzählen."

„Das würde mich sehr interessieren!"

„Also gut! Lass uns ein paar Schritte gehen!"

Sie standen auf und flanierten durch Straßen und Gassen, und es tat Ben gut, sich zu bewegen.

„Wut ist ein zweischneidiges Schwert", sagte Max. „Bis zu einem gewissen Grad kann sie sehr hilfreich sein, weil sie Energie bereit stellt und uns Kraft gibt. Sie kann uns helfen, uns gegen eine ungerechte Behandlung zu wehren, uns selbst zu behaupten, für uns einzustehen – oder auch anderen Menschen zu helfen, wenn sie etwa angegriffen werden. Wut ist per se nichts Schlechtes – solange wir sie konstruktiv nutzen und ihre Energie vernünftig nutzbar machen.

Wut hat allerdings leider auch die Eigenschaft,

dass sie äußerst destruktiv werden kann, wenn sie außer Kontrolle gerät. Wut ist ja nicht so simpel wie: Ich bin entweder wütend oder nicht wütend, sondern es gibt sie in allen Abstufungen von leichtem Ärger über begründeten Zorn bis hin zu blinder Wut und Raserei. Wut hat die Neigung, dass sie gerne anschwillt, immer heftiger wird – und an einem bestimmten Punkt übermannt sie uns so sehr, dass wir die Kontrolle über unser Verhalten verlieren – so wie du, als du Camilla als Flittchen bezeichnet hast."

„Leider wahr..."

„Menschen mit einer Neigung zur Gewalttätigkeit schlagen dann womöglich sogar zu. Andere attackieren nur verbal. So oder so wird das Verhalten destruktiv. Was aber allen gemeinsam ist, das ist diese ganz spezielle Eigenschaft bei der Wut: nämlich dass es diesen einen Punkt gibt, wo sie umschlägt, den Kipp-Punkt. Es ist ein bisschen wie bei einem Topf Milch, den du auf den Herd stellst. Während die Milch im Topf heißer wird, merkst du kaum etwas – aber dann, scheinbar urplötzlich, schäumt sie blitzschnell auf und kocht über. Und wenn du dann nicht gerade direkt daneben stehst und den Topf beiseite stellst, hast du eine schöne Schweinerei."

„Stimmt!", sagte Ben.

„Genauso verhält es sich mit der Wut. Wenn sie den Siedepunkt erreicht hat, schäumt sie urplötzlich über. Wir verlieren die Kontrolle und tun Dinge, die wir danach bereuen. Wir haben dann das Gefühl, völlig machtlos zu sein. Die Wut kommt über uns wie eine Flutwelle, und wir stellen irgendwas Dummes an.

Im Nachhinein sind wir zerknirscht und fragen uns, wie um alles in der Welt das passieren konnte."

„Genau so war es bei mir."

„Aber die Frage ist ja: Kommt die Wut wirklich einfach so über uns? Und sind wir wirklich machtlos? Oder gibt es nicht doch eine Möglichkeit, die Kontrolle zu behalten?"

„Gute Frage."

„Die Antwort lautet: Ja, das können wir. Wir sind nicht völlig machtlos. Aber die Wut zu managen ist eine hohe Kunst, und die muss man erlernen. Denk nochmal an den Kochtopf mit der Milch. Ist es wirklich so, dass die Milch unbemerkt heißer wird und dann urplötzlich und wie aus dem Nichts überschäumt? Nein, so ist es nicht: Kurz vorher gibt es kleine Warnsignale. Du siehst am Rand des Topfs kleine Bläschen aufsteigen, und du hörst ein leises Zischen. Das ist das Zeichen, dass die Milch kurz vorm Überkochen ist und der Topf weg muss von der heißen Platte. Die Kunst besteht darin, die Aufmerksamkeit auf diese Warnsignale zu lenken."

„Was sind diese Warnsignale?"

„Das muss jeder für sich selbst herausfinden. Überleg mal: Was hast du gefühlt, bevor du ausgerastet bist und Camilla beleidigt hast?"

„Hmm… ich hatte das Gefühl, nicht mehr richtig atmen zu können. Mein Kopf wurde heiß."

„Und davor?"

„Keine Ahnung, da war so eine Enge oder eine Art Beklemmung in der Brust."

„Siehst du: Das sind deine persönlichen Warnsignale. Wenn du sie spürst, ist es wichtig, dass du dir selbst sagst: Vorsicht! Die Wut kommt! Tu jetzt nichts Unbedachtes und halte deine Zunge im Zaum! Spätestens wenn du diese Atemnot spürst, ist es Zeit, eine weitere Eskalation zu verhindern."

„Wie das?"

„Das Sicherste ist, die Situation zu verlassen. Im Fall von Camilla hättest du sagen können: 'Entschuldige, ich bin gerade ziemlich geladen. Gib mir bitte mal kurz eine Auszeit und lauf nicht weg!' - oder etwas in der Art. Und dann stehst du auf und gehst eine Runde um den Block."

„Findest du nicht, dass das etwas komisch rüber kommt?"

„Ich würde sagen: allemal besser als sie zu beleidigen."

„Hmm, das ist richtig."

„Das Entscheidende ist, dass du den Topf Milch immer im Auge behältst und jederzeit bereit bist, ihn von der Herdplatte zu nehmen. Oder anders gesagt: Sobald du den leisesten Anflug von Wut verspürst, musst du deine Aufmerksamkeit bewusst nach innen richten, achtsam sein und deine Gefühle genau im Blick behalten, damit du den Moment rechtzeitig erkennst, in dem du den Topf von der Platte nehmen musst. Manchmal muss man nicht einmal weggehen. In einem Streitgespräch reicht es schon, wenn man rechtzeitig sagt: *Ich denke, wir haben unsere Standpunkte jetzt hinreichend klargemacht, und wir finden momentan keine Einigung. Lass uns die Diskussion beenden und vielleicht ein andermal darauf zurück kommen.*"

„Womit wir wieder beim Thema Streiten wären", warf Ben ein. „So etwas Ähnliches hattest du gestern auch schon gesagt."

„Genau."

„Puh, das ist aber nicht leicht, einen Streit so abzubrechen, wenn man erst mal auf der Palme ist."

„Das stimmt. Aber es lässt sich erlernen. Und das Verrückte ist: Wenn du diese Technik erstmal erlernt hast, dann wirst du auch gar nicht mehr so oft so exzessiv wütend."

„Klingt gut. Ich werde das mal ausprobieren!"

„Ich sage dir: Es lohnt sich! Menschen, die ihren Ärger managen können, wirken stark und überlegen auf andere – und sind im Leben erfolgreicher und zufriedener."

Ben nickte.

„Übrigens noch ein Gedanke zum Thema Streit: Wenn Paare dazu neigen, sich öfter in die Wolle zu kriegen, dann kann es auch hilfreich sein, wenn sie ein Codewort vereinbaren."

„Ein Codewort?"

„Ja. Sobald einer der beiden merkt, dass die Wut kurz davor ist, den kritischen Punkt zu erreichen, spricht er oder sie das Codewort aus. Und das bedeutet dann, dass der Streit sofort abgebrochen werden muss, die beiden auseinander gehen und sich erst mal beruhigen, jeder für sich. Später können sie dann wieder zusammentreffen und weiterreden – aber mit klarem Kopf!"

„Hattet ihr auch so ein Codewort? Du und Anna?"
„Ja", grinste der Ältere.
„Wie lautete es?"
Max räusperte sich verlegen und sagte dann:
„Erdbeerkuchen."
Ben prustete los:
„Wie seid ihr denn *darauf* gekommen?"
„Wir haben ein Wort gesucht, dass einen möglichst friedlichen Klang hat – und das war es, was Anna als erstes eingefallen ist."
Die beiden lachten.
„Diese Vorstellung!", wieherte Ben, „zwei Leute streiten sich, bis sie sich fast an die Gurgel gehen, und dann ruft einer plötzlich: Erdbeerkuchen!"
Den beiden kamen fast die Tränen.
„Aber es funktioniert!", sagte Max schließlich.
„Okay... der Tipp ist wirklich interessant. Ich werde ihn mir merken!"
Nachdem sie eine Weile lang schweigend weiter gegangen waren, holte Ben sein Handy hervor und schaute drauf.
„Sie hat meine Nachricht gelesen. Aber von einer Antwort keine Spur..."
„Das überrascht mich nicht so sehr. Gib ihr noch etwas Zeit."
„Was bleibt mir auch übrig?"
Schweigend gingen sie weiter.
„Eins würde mich interessieren", sagte Max nach einer Weile. „Du hast erzählt, du hättest sie gefragt, warum sie das damals getan hat, und sie hätte sich so verhalten, als müsstest du eigentlich wissen, warum."

„Ja genau."

„Und du hast gar keine Ahnung, was sie gemeint hat?"

„Nein! Nicht die geringste."

„Komisch..."

„Ja, allerdings."

„Ich meine... irgendetwas muss da doch gewesen sein. Sonst wäre sie nicht so überzeugt davon."

„Wer weiß?", entgegnete Ben. „Vielleicht hat sie sich irgendeine Geschichte zurecht gelegt, mit der sie mir die Schuld in die Schuhe schiebt, um eine weiße Weste zu behalten und ihr Gesicht nicht zu verlieren. Schließlich musste sie ja Freunden und Verwandten erzählen, warum die Beziehung in die Brüche gegangen ist. Und um nicht als das untreue Luder dazustehen, hat sie sich irgendeine Rechtfertigung für ihre Untreue ausgedacht."

„Hmm...", machte Max. „Das ist schon möglich."

Er hielt inne und schien nachzudenken. Dann setzte er wieder an:

„Trotzdem lohnt es sich vielleicht, darüber nachzudenken, ob da nicht doch etwas war..."

„Ich glaube nicht!", sagte Ben.

„Überleg doch mal... Hattet ihr in der Zeit davor Streit? Oder ist irgendwas Spezielles vorgefallen?"

„Nein! Ich sag ja: nicht dass ich wüsste. Und Streit... klar haben wir uns ab und an mal gezofft. Aber ich würde sagen, nicht mehr als andere Paare auch."

„Und sonst fällt dir dazu nichts ein?"

„Nein! Wirklich nicht!"

„Tja... Wie auch immer. Jetzt wollen wir mal hoffen, dass sie sich noch meldet."

*

Anderntags beim Frühstück fragte Max gleich, nachdem sie sich begrüßt hatten:

„Und? Hat sie sich gemeldet?"

Ben schüttelte den Kopf.

„Hmm...", machte Max. „Wäre es in Ordnung für dich, wenn ich einen kleinen Schlichtungsversuch mache?"

Ben schaute ihn unschlüssig an und fragte:

„Was hast du vor?"

„Ich würde sie in ihrem Laden besuchen."

Nach kurzem Überlegen gab Ben sein Okay.

Am späten Vormittag fanden sie sich in der urigen Einkaufsstraße ein, in der Camillas Geschäft angesiedelt war, das sie bald in einiger Entfernung entdeckten. Es war von außen ein recht unscheinbares Lädchen: Neben der hölzernen Eingangstür gab es ein schmales Schaufenster, in dem dekorative Bücher dargeboten wurden, außerdem waren an der Hausfassade zwei Schaukästen rechts und links neben der Tür angebracht, in dem weitere Druckwerke präsentiert wurden.

„Das Beste wird sein", sagte Max, „wenn du auf Abstand bleibst."

„In Ordnung."

„Drück mir die Daumen!"

„Auf jeden Fall", sagte der Jüngere und schaute Max hinterher, wie er auf den Laden zuhielt und dann durch die Tür verschwand.

Einige Minuten lang ging Ben auf der Straße auf und ab. Immer wieder wandte er sich zur Ladentür, aber es tat sich nichts. Was war da los? Immerhin: Noch hatte sie Max nicht wieder rausgeschmissen.

Um sich die Zeit zu vertreiben, holte sich Ben in einer Gelateria ein gemischtes Eis in der Waffel und setzte sich damit auf eine Bank, von der aus er den Laden gut im Blick behalten konnte. Wirklichen Appetit hatte er nicht – dafür war er zu nervös. Er leckte nur gelegentlich lustlos daran, bis er das Eis schließlich in den Abfalleimer warf.

Nach einer Weile schaute er auf die Uhr. Inzwischen war beinahe eine halbe Stunde vergangen. Er stand auf und ging erneut die Straße auf und ab, bis er endlich Max aus dem Geschäft kommen sah.

„Na endlich!", stöhnte Ben und ging ihm entgegen.

„Und?", fragte er Max, als sie auf einander trafen.

„Du sollst heute Abend um acht Uhr in den Laden kommen. Dann hat sie Feierabend."

„Wirklich? Wahnsinn! Max! Wie hast du das gemacht?"

„Ich habe sie mit meinem reifen Charme bezirzt", schmunzelte der Alte.

„Das glaube ich dir sofort", lachte Ben. „Aber was habt ihr da so lange gemacht?"

„Zuerst habe ich mich als normaler Kunde ausgegeben, mir Bücher angesehen. In einem Moment, als niemand sonst in der Nähe war, habe ich sie zunächst auf das Buch angesprochen, das ich in der Hand hatte, und freundlich mit ihr geredet. Übrigens: Was für eine hübsche, charmante Frau."

„Ich weiß..."

„Jedenfalls habe ich dann das Gespräch auf dich gelenkt, habe ihr erzählt, dass wir gemeinsam reisen und so weiter – um eine lange Geschichte kurz zu machen: Schließlich hat sie mir einen Espresso angeboten. Sie hat da nämlich eine nette Sitzecke für die Kunden, wo sie einen Kaffee trinken und entspannt in die Bücher reinschauen können. Da haben wir uns hingesetzt und geredet."

„Über was?", fragte Ben, leicht verunsichert.

„Vor allem über unsere Freundschaft. Wie wir uns auf Kreta kennengelernt haben – und darüber, dass du erkannt hast, dass dein Leben in Schieflage geraten ist und du nun an dir arbeitest."

„Na toll", sagte Ben entnervt.

„Sie fand es gut!"

„Und sonst?"

„Sonst haben wir nicht viel über dich gesprochen."

„Hmm..."

„Wie auch immer: Geh heute Abend hin und rede mit ihr!"

„Ja, ich danke dir, Max!"

„Kein Problem! Und jetzt sollten wir ein bisschen die Stadt genießen!"

Mit dem Bus fuhren sie zur Villa Borghese, dem vermutlich schönsten Park der Stadt, wie Max erläuterte. Die Grünanlage war im 17. Jahrhundert von der atemberaubend reichen Adelsfamilie Borghese als Sommerresidenz errichtet worden und beherbergte auch ein Museum, nämlich die Kunstsammlung der Familie.

Die beiden Männer flanierten durch den belebten Park, besichtigten den Laghetto di Villa Borghese – ein künstlich angelegtes beschauliches Gewässer, auf dem fröhliche Leute in Ruderbooten herumschipperten, sahen sich den Äskulaptempel an, der auf einer Insel zu Ehren des römischen Gottes der Heilkunde errichtet worden war, und nahmen schließlich den Diana-Tempel in Augenschein – einen klassizistischen Pavillon, in dem allerdings die Hauptperson fehlte – nämlich die namensgebende Göttin der Jagd. Die befand sich heutzutage im Pariser Louvre, erzählte Max.

All das waren ohne Zweifel faszinierende Eindrücke, aber Ben fiel es schwer, sich darauf zu konzentrieren, und das konnte auch Max nicht entgehen.

„Du bist mit deinen Gedanken immer noch bei Camilla, oder?“, fragte der Alte.

„Tja, leider. Ich könnte mich immer noch ohrfeigen dafür, wie das Ganze gelaufen ist. Dieser Wutanfall war sowas von überflüssig!“

„Gräm dich nicht deswegen. Es ist sinnlos, sich wegen so etwas Vorwürfe zu machen. Denn letztlich können wir unsere Emotionen nicht selbst bestimmen, sondern sie bestenfalls ein wenig zähmen. Und ganz nebenbei bemerkt sind unsere Emotionen zum Teil auch gar nicht mehr zeitgemäß.“

„Nicht mehr zeitgemäß?!", lachte Ben. „Wie meinst du das?"

„Ich rede jetzt vor allem von den zwei Emotionen, die uns das Leben vermutlich am schwersten machen: Angst und Wut. Sie gehören zu einem Instinktprogramm, das Verhaltenspsychologen auch als Kampf-oder-Flucht-Reaktion bezeichnen."

„Klingt interessant. Erzähl weiter!"

„Okay, also Angst ist dieser Theorie nach vor allem die emotionale Triebfeder für Flucht – und Wut diejenige für den Kampf. Das Ganze wird gesteuert in den ältesten Teilen unseres Gehirns, ohne dass wir darauf bewusst Einfluss nehmen könnten. Wenn das Gehirn eine Situation als gefährlich interpretiert, dann wird schlagartig Adrenalin freigesetzt, das wiederum körperliche Reaktionen auslöst, die vor allem eine Funktion haben: eine Menge Energie bereitzustellen. Das Herz pumpt mehr Blut durch den Kreislauf, die Atemfrequenz und der Muskeltonus erhöhen sich – also die Anspannung der Muskeln – zudem werden weitere Hormone freigesetzt, die den Stoffwechsel anregen, etwa Kortisol, um noch mehr Energie zu liefern. All das macht den Körper bereit für Angriff oder Flucht.

Das Ganze hatte vor Hunderttausenden von Jahren durchaus seinen Sinn, denn da war der Mensch weit mehr als heute Gefahren für Leib und Leben ausgesetzt: Wilde Tiere, feindlich gesinnte Urzeitmenschen aus anderen Clans und so weiter. Da musste man durchaus mal einem Säbelzahntiger davonlaufen oder einem angriffslustigen Neandertaler die Keule auf den Kopf schlagen.

So betrachtet sind Wut und Angst ein wahrer Segen, weil sie dich beschützen wollen und unter Umständen dein Leben retten, ohne dass du erst lang darüber nachdenken musst. Das läuft sozusagen vollautomatisch ab. Aber die Kehrseite der Medaille ist eben, dass dieses Programm nicht mehr in die moderne Welt passt. Heutzutage hat man eher Stress im Büro oder im Auto, und da nützt einem der ganze körperliche Energieaufwand herzlich wenig. Im Gegenteil: Einer der Effekte ist, dass das Gehirn eine Menge Blut in Arme und Beine steuert, um dort mehr Energie bereitzustellen, und dafür das Blut im Gehirn selbst reduziert wird. Die Folge ist, dass wir kopflos werden, wenn wir Angst oder Wut haben, und nicht mehr klar denken können. Und dann bauen wir eben auch mal gehörigen Bockmist."

„Verdammt, ja!"

„Übrigens gehören noch mehr Funktionen zu diesem Programm, wie Forscher inzwischen festgestellt haben. Heutzutage sprechen Psychologen weniger von Kampf und Flucht als von *Freeze, Flight, Fight, or Fright.* Zu Deutsch: Einfrieren, Fliehen, Kämpfen oder Erstarren. In der ersten Phase hält man instinktiv inne, hört auf, sich zu bewegen und hat eine zunächst deutlich erhöhte Aufmerksamkeit. Sinn dieses Verhaltens ist es, die Gefahrensituation optimal einzuschätzen und zugleich im besten Fall vom Raubtier übersehen zu werden, da Raubtieraugen vor allem auf Bewegung reagieren. Das läuft wohlgemerkt ebenfalls alles ganz instinktmäßig und ohne viel Überlegung ab. Dann erst folgt das Kampf-Flucht-Programm, und darüber hinaus gibt es noch eine weitere Funktion, nämlich den Totstellreflex. Das kennst du vielleicht von dir selbst oder auch von anderen Leuten, dass sie in bedrohlichen Momenten geradezu erstarren und keinen Mucks mehr von sich geben. Auch dieses Verhalten kann Leben retten, wenn nämlich das Raubtier das Interesse an dir verliert, weil es dich für tot hält."

„Tja, du hast schon recht: So richtig zeitgemäß ist das alles wirklich nicht."

„Eben! Also geh nicht zu hart mit dir ins Gericht. Was du erlebt hast, war nichts weiter als eine fehlgeleitete Veranstaltung deines prähistorischen Stammhirns."

Ben musste lachen.

„Ich weiß, ich habe es schon mal gesagt", fuhr Max fort, „aber ich wiederhole es, weil es so wichtig ist: Die Kunst, die eigene Wut und Angst souverän zu managen, ist den wenigsten gegeben, und wer das gelernt hat, hat den meisten Menschen gegenüber einen Riesenvorteil. Es lohnt sich also in jeder Hinsicht, daran zu arbeiten."

Ben hing diesen Worten eine Weile lang nach, während sie weiter spazierten. Und dann wurde es Zeit, sich auf den Weg zu Camillas Laden zu machen...

*

Die Luft war angenehm lau, als Ben die urige Einkaufsstraße entlang ging. Gut gelaunte Menschen tummelten sich hier, während er selbst gegen eine veritable Nervosität ankämpfen musste.

Er atmete noch einmal tief durch, dann betrat er den Laden. Durch einen schmalen Verkaufsraum, der zu beiden Seiten von vollen Bücherregalen gesäumt war, die bis an die Decke reichten, ging es weiter zu einem etwas weitläufigeren Raum, in dessen linker Ecke der Sitzbereich eingerichtet war, von dem Max erzählt hatte: Da standen ein Sofa sowie zwei kleine Bistrotische mit je zwei Stühlen, die aber unbesetzt waren. Nur wenige Kunden schlenderten die Regale entlang oder standen da und blätterten in Büchern.

Camilla war gerade in einem Kundengespräch, und so stellte Ben sich vor das nächstbeste Regal und schaute sich die Bücher an. Da alle Titel italienisch waren, hatte es wenig Sinn, eines herauszunehmen – trotzdem tat er es und gab sich den Anschein, als könne er es lesen. Hoffentlich war es nicht irgendwas Peinliches, was er da in der Hand hatte.

Nach einigen Minuten verabschiedete Camilla sich von dem Kunden und kam zu Ben herüber.

„Seit wann interessierst du dich für schamanische Heilrituale?"

„Hallo Camilla...", brachte Ben peinlich berührt hervor, stellte das Buch zurück und sagte:

„Danke, dass ich nochmal kommen durfte! Wie ich schon geschrieben habe: Es tut mir..."

Sie unterbrach ihn.

„Ist schon gut. Entschuldigung akzeptiert. Lass uns nicht mehr darüber reden. Setz dich!"

Sie wies auf die Sitzecke, ging zur Ladentür und schloss sie ab.

„Willst du was trinken? Kaffee? Wasser?"

„Wasser wäre nett."

Während er sich an einen der Bistro-Tische setzte, verschwand sie durch eine Tür, kam kurz darauf mit einem Tablett mit einer Karaffe Wasser und zwei Gläsern zurück, stellte es auf das Tischchen und setzte sich zu ihm.

„Hattest du einen angenehmen Tag?"

„Viel zu tun, aber ja. Danke! Und wie war deiner?"

Er beantwortete ihre Frage knapp. Sie nickte und sagte dann:

„Du weißt, ich mag keinen Small Talk. Lass uns zur Sache kommen. Max meinte zu mir – übrigens ist er ein außergewöhnlich netter und geistreicher Mann, dein Freund!"

„Ich weiß!"

„Jedenfalls meinte er zu mir, dass du tatsächlich keine Ahnung hast – das Warum betreffend."

Ben nickte.

„Ehrlich gesagt fällt es mir schwer, das zu glauben. Ich frage mich wirklich, wie das sein kann – ich meine, wir haben damals so oft darüber gesprochen."

„Worüber denn nun?"

„Dass du nicht für mich da warst! Du warst emotional vollkommen unerreichbar für mich – jedenfalls in der letzten Zeit. Erinnerst du dich wirklich nicht?!

Du hast immer so viel gearbeitet. Und wenn du nach Hause kamst, warst du müde, wolltest nur noch deinen Wein trinken und Filme glotzen."

Als Camilla das sagte, kamen Fetzen von Erinnerungen hoch. Er sah sich auf dem Sofa liegen, und Camilla diskutierte mit ihm.

„Weißt du noch? In den ersten Jahren haben wir miteinander geredet, haben uns ausgetauscht – nicht viel, aber immerhin ein bisschen. Aber das wurde irgendwann weniger, und dann haben wir nur noch nebeneinander her gelebt. Du hast dich mir gegenüber verschlossen, und ich wusste gar nicht mehr, was in dir vorging oder was mit dir los war."

Bens Erinnerung wurde lebendiger.

„Das stimmt vielleicht...", sagte er. „Ich musste damals viel arbeiten... und habe dich dafür immer um Verständnis gebeten. Nach so einem Zehn-, Zwölfstundentag ist man einfach platt."

„Aber andere Leute arbeiten auch nicht so viel."

„So ist das nun mal in meiner Branche."

Camilla zuckte mit den Schultern und sagte:

„Aber auch an den Wochenenden und im Urlaub hast du dich immer mehr zurückgezogen, warst depressiv und in dich gekehrt."

„Wirklich...?", murmelte Ben.

„Ja, allerdings!"

„Hmm..."

„Ich habe immer wieder versucht, mit dir zu reden. Dir zu helfen. Das mit uns wieder lebendig zu kriegen. Aber nach vielen langen Monaten war ich vollkommen frustriert, nah an der Verzweiflung.

Eines Abends habe ich zufällig Dennis getroffen. Ich war mit zwei Freundinnen in dieser Bar da am Nollendorfplatz. Wir haben geredet, und ich habe ihn gefragt, ob er weiß, was mit dir los ist. Er meinte, dass es ihm ähnlich mit dir ginge. Dass du dich zurückgezogen hättest und ihr euch kaum treffen, geschweige denn austauschen würdet. Er war enttäuscht von dir als Freund und hatte es aufgegeben, dir hinterherzurennen. So sind wir uns über diese Gespräche näher gekommen. Das hat uns irgendwie... zusammengeschweißt. Und er hat mir die Aufmerksamkeit gegeben, die ich von dir nicht bekommen habe... Tja, und so ist es dann eben passiert..."

„Okay, okay!", unterbrach Ben sie. „Mehr will ich gar nicht hören.

„Ich will damit nur sagen: Das mit Dennis kam keineswegs aus heiterem Himmel, wie du glaubst. Im Gegenteil!"

Ben nickte langsam.

„Ich mach hier schnell alles fertig, dann können wir zusammen raus gehen, wenn du magst."

Nachdenklich saß Ben da, während Camilla aufstand und im Laden klar Schiff machte. Erstaunlich wie erfolgreich er das alles verdrängt hatte. Kopfschüttelnd dachte er an jene Zeit zurück und spürte wieder dieses Gefühl von Machtlosigkeit und Überforderung, das er damals empfunden hatte in der Tretmühle seiner Redaktionsarbeit.

„So, ich bin fertig", sagte Camilla. „Wollen wir los?"

„Okay, gerne", erwiderte Ben.

Sie verließen den Laden, und Camilla schloss ab.

„Wenn du magst“, sagte sie dann, „zeige ich dir einen meiner Lieblingsorte der Stadt, den Aventin.“

„Ach, das ist doch der Hügel, nach dem du deinen Laden benannt hast.“

„Ja, genau! Der Hügel ist zwar nicht so ganz in der Nähe, aber doch noch nah genug, um den Laden nach ihm zu benennen. Übrigens ist der Aventin der niedrigste der sieben Hügel, aber von da oben hat man einen tollen Blick auf die Stadt. Und er ist auch nicht so überlaufen wie viele andere Sehenswürdigkeiten in der Stadt. Ein Geheimtipp ist er vielleicht nicht gerade mehr wie früher, aber immerhin wird man nicht von Touris totgetrampelt.“

„Klingt doch gut!“

„Also los.“

Sie spazierten durch die Gassen von Monti in Richtung Südwesten. Der Aventin war der südlichste der sieben Hügel. In der Antike war er noch ein Armenviertel, erzählte Camilla, aber mit den Jahrhunderten wandelte sich das, und inzwischen war er eine gehobene Wohngegend voller kleiner architektonischer Schätze und weniger stark besuchter Sehenswürdigkeiten.

„Beneidenswert, dass du es geschafft hast, deinen Traum zu verwirklichen!“, sagte Ben, „es muss ein tolles Gefühl sein, hier zu leben!“

„Ja, das ist es tatsächlich!“, erwiderte Camilla. „Im ersten Jahr hatte ich das Gefühl, in einem sehr, sehr langen Urlaub zu sein. Klar hatte ich viel Stress mit dem Aufbau der Buchhandlung, aber das war ausschließlich positiver Stress. Und wenn ich dann abends durch die Gassen spaziert bin und das Nachtleben erforscht habe – ich kann dir nicht beschreiben, wie sich das anfühlt! Bis heute kann ich es kaum glauben, dass das mein Leben ist."

Sie geriet ins Schwärmen, und während sie von ihrem Leben in Rom erzählte, lag Ben die Frage auf der Zunge, ob sie eigentlich in einer neuen Beziehung steckte oder verheiratet war. Aber aus irgendeinem Grund wollte ihm diese Frage nicht über die Lippen kommen...

Als sie den Fuß des Aventin erreicht hatten, stellte sich heraus, dass er mit Max bereits ganz in der Nähe gewesen war: Auf der anderen Seite des Hügels lagen die Cestius-Pyramide und der protestantische Friedhof.

Entlang des Tiber folgten sie einer Zypressen-gesäumten Hauptstraße und gelangten zu einer weitläufigen Parkanlage.

„Hier in dem Park kannst du die Überreste des Circus Maximus besichtigen. Das war die größte Arena für Wagenrennen im alten Rom und fasste 150.000 Zuschauer. Wir könnten uns das ansehen, aber ich schlage vor, wir bleiben bei unserem Plan, und du fährst nochmal hin, wenn du Lust und Zeit hast."

„So machen wir das!"

„Übrigens gibt es hier auch einen wunderschönen Rosengarten, aber der ist zur Zeit leider geschlossen."

Ben nickte.

Entlang eines malerischen Sträßchens erklommen sie den Hügel, vorbei an Pinien, Palmen und noblen Wohnhäusern. Nach einer Weile liefen sie an einer

Art Stadtmauer entlang, bis sie einen Toreingang erreicht hatten, durch den es in eine Parkanlage ging.

„So, jetzt haben wir meinen ganz speziellen Lieblingsort erreicht", sagte Camilla, „den Giardino degli Aranci – zu Deutsch: Orangengarten."

„Ich bin gespannt!"

Durch das Tor betraten sie die Anlage und schritten einen knirschenden Kiesweg, der beschattet war von den allgegenwärtigen Pinien und Zypressen und natürlich von einigen der namensgebenden Orangenhaine, die in voller Blüte standen und einen fruchtigen Duft ausströmten. Hier fand sich eine mäßige Zahl von Touristen und Einheimischen. Als eine Gruppe von sechs Segwayfahrern an ihnen vorbei rollte, sagte Camilla:

„Das habe ich auch mal ausprobiert. Macht Spaß!"

Sie folgten weiter dem Weg, bis sie eine Aussichtsplattform erreichten. Von hier hatten sie einen spektakulären Blick auf die Metropole – den Fluss Tiber, den Petersdom und zahllose andere Sehenswürdigkeiten, während die goldene Abendsonne wie eine leuchtende Orange die Stadt mit einem funkelnden Schimmer übergoss.

„Wow!", entfuhr es Ben.

„Das ist toll, oder?", schwärmte Camilla.

„Überirdisch!"

Nachdem sie den Anblick eine Weile lang schweigend in sich aufgesogen hatten, sagte Ben:

„Camilla, ich glaube, ich muss dir etwas sagen."

„Oh... okay?!"

Er sah ihr in die Augen und sagte:

„Ich muss mich nun doch noch mal bei dir entschuldigen. Nicht für das, was ich gestern gesagt habe, sondern dafür, dass ich dich damals im Stich gelassen habe. Dass ich mich vor dir zurück gezogen habe. Und dass ich nach diesem... Vorfall aus deinem Leben verschwunden bin, ohne nochmal mit dir zu reden. Das alles war falsch, und ich bitte dich um Verzeihung."

Camilla sah ihn eindringlich an – erstaunt, geradezu beeindruckt, bis sich ihr Blick schließlich zu einem Lächeln aufhellte – dem ersten echten Lächeln, seit er sie in Rom wiedergesehen hatte. Wie unglaublich hübsch sie damit aussah!

„Ben, das ist wirklich toll, dass du das sagst. Ich hätte es dir ehrlich gesagt nicht zugetraut. Das zeigt mir, dass du dich wirklich weiterentwickelt hast. Und ja: Ich verzeihe dir!"

Daraufhin näherte sie sich ihm und nahm ihn dann zögerlich in den Arm. Während sie ihn hielt, flüsterte sie:

„Es tut mir auch leid, was ich dir angetan habe."

„Entschuldigung akzeptiert", zitierte er sie. Es fühlte sich gut an, sie zu halten, und es kam ihm vor, als würde all der Schmerz von damals, all die Wut, all der Groll von ihm abfallen, und eine wunderbare Leichtigkeit erfüllte ihn. Während er den Duft ihrer Haare einatmete, der ihm ganz und gar vertraut war, fühlte er sich zurückversetzt in die erste Zeit ihrer Beziehung, als alles noch leicht und heiter gewesen war.

Anscheinend wurde Camilla die Umarmung zu lang, denn sie löste sich und sagte:

„Komm, jetzt zeige ich dir noch ein paar andere kleine Highlights auf dem Aventino."

„Okay!"

Camilla führte ihn zur Basilika Santa Sabina all'Aventino, einer wahrhaft alten Kirche: Die Baumaßnahmen begannen bereits im Jahr 422, also in der Frühzeit des Christentums, erzählte sie Ben. Von außen sah der Bau nicht sonderlich spektakulär aus, aber als sie ihn betraten, geriet Ben ins Staunen. Das Mittelschiff erwies sich als eine eindrucksvolle lichtdurchflutete Halle mit elegantem Marmorboden und zu beiden Seiten je einem Dutzend Säulen aus demselben Gestein mit kunstvoll gestalteten korinthischen Kapitellen.

Ben war normalerweise kein großer Freund von Kirchenbesichtigungen, aber diese Halle hier weckte seine Faszination, so schlicht sie auch war – immerhin war das hier ja nicht der Petersdom.

Camilla schaute ihn von der Seite an und grinste. Offenbar amüsierte sie sich über ihn, wie er dastand und staunte – und zwar mit offenem Mund, wie ihm in diesem Moment peinlich bewusst wurde.

„Die Basilika ist architekturgeschichtlich ziemlich bedeutungsvoll", sagte sie, „frag mich jetzt bitte nicht nach Details. Aber ich persönlich mag vor allem die Atmosphäre hier."

„Ja. Man hat das Gefühl, als wäre man ins Römische Reich gebeamt worden – oder in die Szenerie eines pompösen Historienfilms. Es würde mich nicht überraschen, wenn im nächsten Moment ein paar Legionäre mit ihren Sandalen herein marschieren würden."

„Genau!", lachte Camilla. „Komm, wir gehen weiter. Ich habe noch eine kleine Überraschung für dich."

Sie spazierten bis hin zum höchsten Punkt des Hügels. Hier gelangten sie zu einer schmucken klassizistischen Villa.

„Das hier ist die Piazza dei Cavalieri di Malta", erläuterte Camilla. „Hier liegt der Sitz des Malteserordens. Und weißt du, was interessant ist? Dieser Ritterorden gilt völkerrechtlich als ein souveräner Staat – mit eigenem Auto-Kennzeichen und eigener Hymne."

„Also praktisch wie der Vatikan", antwortete Ben.

„So ähnlich. Aber was ich dir eigentlich zeigen wollte, ist das Tor da."

Sie deutete auf eine prunkvolle Fassade mit einem grünen Portal, vor dem sich einige Touristen versammelt hatten.

„Durch das Tor geht es auf das Gelände des Maltesersitzes. Das ist allerdings nicht fürs Publikum zugänglich. Dafür aber ein kleines, feines Detail am Tor."

Erst jetzt bemerkte Ben, dass jemand durch ein Schlüsselloch schaute – und die anderen Leute darauf warteten, es ihm gleich zu tun.

„Ich präsentiere: Buco die roma – das berühmteste Schlüsselloch Roms!", grinste Camilla. „Und wer duchguckt, sieht eine kleine Überraschung. Zum Glück gibt es gerade keine allzu lange Schlange. Du kannst also einen Blick riskieren."

„Okay...", sagte Ben. „Da bin ich mal gespannt."

Die beiden stellten sich zu den Wartenden, sahen zu, wie sie der Reihe nach durch das Loch schauten und „Ah“ und „Oh“ machten, bis endlich Ben an der Reihe war. Er ging in die Knie und schaute durch das Loch. Und tatsächlich war es eine kleine Überraschung, die er da zu sehen bekam.

„Interessant!“, sagte Ben. „Mit diesem optischen Effekt habe ich nicht gerechnet. Und erstaunlich, wie exakt das Loch angebracht ist. Ob das Absicht ist?“

„Das ist nicht endgültig geklärt. Manche sagen, dass das ein verrückter Zufall ist. Wenn nicht, würde das bedeuten, dass der Architekt das ganze Areal darauf abgestimmt hat, diesen Effekt zu erzielen. Und vielleicht ist das ja auch so.“

„Wie auch immer – die Überraschung ist dir gelungen.“

„Gut, oder? Jetzt darfst du aber niemandem verraten, was du gesehen hast, damit es auch für alle anderen ein Geheimnis bleibt! So was darf man nicht spoilern!“, sagte sie augenzwinkernd.

„Versprochen!“, erwiderte Ben lachend.

„Ich könnte jetzt einen Happen zu essen vertragen!“, erwiderte Camilla.

„Gute Idee!“

*

Wenig später betraten sie eine Trattoria unweit des Aventin. Da im Außenbereich alles voll war, gingen sie hinein und setzten sich an einen freien Zweiertisch am Fenster, mit Blick auf die Straße. Der Raum war klimatisiert und brachte eine angenehme Erfrischung, sodass es innen fast angenehmer war als außen. Ein elegant-gemütliches Ambiente empfing sie: Die Wände waren an der unteren Hälfte mit Paneelen vermutlich aus Nussbaum vertäfelt, während die oberen Hälften ganz schlicht mit Wandstrahlern beleuchtet waren. Auf Bilder hatte man verzichtet, und das tat der Atmosphäre des Raums gut. Die Tische waren mit akkurat gebügelten cremeweißen Tischtüchern, Weingläsern und glänzenden Bestecksets eingedeckt.

„Lustig", sagte Ben. „Ein bisschen erinnert mich das Restaurant an das Lokal von deinem Cousin in Charlottenburg."

„Ja, stimmt!", lachte sie. „Dasselbe habe ich auch schon mal gedacht."

In diesem Moment kam ein Kellner zum Tisch und begrüßte sie überschwänglich.

„Camilla!", rief er und gab ihr einige stürmische Wangenküsse. Sie sprachen ein paar Worte auf Italienisch, lachten, und Camilla stellte die Männer vor. Er hieß Stefano – ein mittelgroßer Mann mit Kurzhaarfrisur und markanter brauner Hornbrille und beeindruckend kräftiger Behaarung auf den muskulösen Unterarmen. Der Kellner fragte Camilla etwas, und die gab die Frage auf Deutsch an Ben weiter: Ob er Wasser mit oder ohne Gas wolle? Er entschied sich für mit, was Camilla sogleich weiter gab.

„Auch ein Verwandter?“, fragte Ben, als der Mann wieder verschwunden war.

„Nein!“, lachte sie. „Ich bin bloß ziemlich oft hier. Mein Lieblingslokal. Stefano ist der Inhaber.“

Ben nickte.

„Ja, das Restaurant in Charlottenburg... da haben wir oft gesessen...“

„Und unsere Geburtstage gefeiert!“, sagte Ben.

„Stimmt! Und was wir damals alles unternommen haben! In der ersten Zeit warst du noch sehr aktiv.“

Sie begannen, in gemeinsamen Erinnerungen zu schwelgen, und während sie ihre Pasta genossen, sprachen sie von ihrem ersten Picknick im Park von Schloss Charlottenburg, ihren Spaziergängen auf der Pfaueninsel und ihren langen Gesprächen über Bücher, klassische Musik und ihre vielen gemeinsamen kulturellen Interessen.

Es war schon zu vorgerückter Stunde, als die Hintergrundmusik plötzlich stoppte, und stattdessen laute Stimmungsmusik ertönte: Es war „Celebration“ von Kool and the Gang. Stefano und die anderen beiden Kellner gruppierten sich an einem Tisch, an dem acht angeheiterte Leute saßen, schenkten Champagner aus und schwangen dabei im Takt der Musik die Hüften. Offenbar gab es da etwas zu feiern.

Stefano eilte lachend zu einem Schrank, holte ein Körbchen heraus, lief zurück zum Tisch, und unter lautem Johlen warf er Blütenblätter über die Gesellschaft. Dann begann er, wild und komödiantisch zu tanzen, und die Kellner machten mit. Im ganzen Lokal, in dem sich mittlerweile deutlich mehr Gäste eingefunden hatten, entstand eine fröhliche Unruhe, die Kellner wurden beklatscht und bejubelt.

„Das liebe ich an diesem Laden!", lachte Camilla. „Die sind so verrückt hier – du weißt nie, was als nächstes passiert."

Derweil eskalierte die spontane Feierlichkeit: Angestachelt von der Stimmung der Gäste schnappte sich Stefano eine ältere Dame, die mit am Tisch saß, zog sie von ihrem Platz und tanzte mit ihr, woraufhin weitere Gäste – auch an anderen Tischen – sich ebenfalls erhoben und zu tanzen anfingen. Inzwischen lief irgendein aktueller italienischer Popsong mit stampfendem Rhythmus. Einer der Kellner ging zu einem Serviertisch, griff nach einem Stapel kleiner Papierservietten und warf sie über dem Achtertisch in die Luft, sodass sie festlich auf die Leute hinab flatterten.

Einer der Gäste stieg daraufhin auf seinen Stuhl, um da oben ausgelassen die Hüfte zu schwingen, was zur Folge hatte, dass Stefano auf einen nebenstehenden freien Tisch stieg, um den Gast mit noch wilderen Hüftschwüngen und hochgereckten Armen zu übertreffen. Dann gab es kein Halten mehr: An allen Tischen sprangen die Gäste johlend auf und begannen zu tanzen.

„Los komm!", lachte Camilla begeistert, und musste einigermaßen gegen Bens Widerstand ankämpfen und ihn von seinem Stuhl zerren. Zum Glück hatte Ben auf Kreta seine Hemmungen beim Tanzen ein bisschen abgelegt, sodass er sich nun etwas freier fühlte und mit Camilla tanzte.

„Wahnsinn!", rief sie, „das hast du früher nie gemacht!"

Die Musik wechselte, und Bens innere Gehemmtheit wich einer zunehmend ausgelassenen Heiterkeit. Inzwischen war aus dem gediegenen Restaurant ein wildes Tanzlokal geworden, und von den Außentischen strömten Leute herein. Die Stimmung brodelte, der Wein floss in Strömen, und Ben und Camilla tanzten, als gäbe es kein Morgen – wobei Ben sich selbstredend mit Wasser begnügte, was seine Stimmung aber keineswegs schmälerte.

Es war nach Mitternacht, als Camilla sagte:

„Ich könnte ewig weiter tanzen, aber leider muss ich morgen früh wieder in den Laden."

„Ja, schade!", sagte Ben.

Er zahlte die Rechnung, und sie verließen das Restaurant.

„Wo musst du hin?", fragte Ben.

„Gar nicht weit von hier. Zu Fuß sind es vielleicht zehn Minuten."

„Wenn du magst, begleite ich dich."

„Gerne!"

Gemütlich flanierten sie die Straße am Ufer des Tiber entlang und genossen die angenehm abgekühlte Nachtluft. Nach einer Weile blieb Camilla stehen und schaute auf den Fluss, auf dessen Oberfläche sich die Lichter der Häuser spiegelten.

„Ist das nicht herrlich?", fragte sie.

„Wunderschön!“

Nachdem sie eine Weile gestanden hatten, sagte Camilla:

„Das war ein sehr schöner Abend, Ben!“ Dabei schaute sie ihm mit einem warmen Blick in die Augen.

„Ja!“, erwiderte Ben, und mit einem Mal überkam ihn das mächtige Verlangen, sie zu küssen. Noch immer lächelte sie ihn an, und das bestärkte ihn, sich ihr zu nähern und...

„Moment!“, sagte sie und wich sanft aus.

Ben war peinlich berührt.

„Was ich dir noch nicht gesagt habe: Ich bin verheiratet und habe zwei Kinder.“

Sie zeigte ihm ihren zierlichen goldenen Ehering. Dass ihm der nicht längst aufgefallen war! Er fühlte sich wie vom Donner gerührt und wunderte sich im nächsten Moment über sich selbst, dass ihm diese Information so einen Stich versetzte.

„Warum hast du mir das nicht erzählt?“

„Keine Ahnung... es hat sich nicht ergeben.“

Ben schaute sie schweigend an und überlegte, ob er sauer auf sie sein sollte. Schließlich fragte er:

„Und bist du *glücklich* verheiratet?“

Sie nickte mit einem seligen Lächeln.

Ben nickte zurück und kam aus dem Staunen nicht heraus, dass er so sehr enttäuscht war – und das, nachdem er Camilla noch vor Kurzem zutiefst verachtet hatte.

„Vielleicht sollten wir von hier aus ein Taxi nehmen“, schlug sie vor. „Es ist schon spät!“

Ben stimmte zu, sie winkte ein Taxi heran und die zwei stiegen ein.

„Ich bin froh, dass wir geredet haben!“, sagte Camilla. „Ich hatte mit all dem zwar abgeschlossen, aber es fühlt sich gut an, dass wir uns versöhnt haben.“

Wer hätte dem mehr zustimmen können als Ben?

„Wie alt sind deine Kinder eigentlich?“, fragte er.

„Ein Jahr. Es sind Zwillinge.“

Sie erzählte ihm von ihren Jungs, die zuckersüß waren – sie aber auch ordentlich in Trab hielten.

Schließlich hatten sie Camillas Residenz erreicht. Sie hatte eine Wohnung in einem der typischen klassizistischen Wohnhäuser in einer mäßig befahrenen Seitenstraße.

„Tja, dann...“, sagte Camilla.

„Danke dir für den schönen Abend“, erwiderte Ben. „Und dafür, dass du mir verziehen hast.“

„Danke, dass du mir zugehört hast! Ich finde es bewundernswert, wie du an dir arbeitest und dass du so einen schwierigen Schritt gemacht hast, mich zu treffen und reinen Tisch zu machen.“

„Es hat gut getan.“

„Ja.“

Sie gab ihm einen Wangenkuss und sagte:

„Habt noch eine schöne Zeit in Rom! Grüße an Max und alles Gute für euch!“

„Für dich auch!“

Camilla stieg aus, ging zur Tür, schloss auf und winkte nochmal. Ben winkte zurück, dann nannte er dem Fahrer die Adresse der Ferienwohnung.

*

Am nächsten Morgen saß Ben mit Max beim Frühstück.

„Nun erzähl schon", sagte der Ältere. „Wie wars?"

„Wir haben uns versöhnt."

„Das ist doch großartig! Allerdings – sehr glücklich siehst du nicht aus."

„Ich muss das Ganze erst mal verarbeiten, schätze ich. Außerdem..."

„Außerdem was?"

„Ach, nichts..."

„Na komm, lass es raus!"

„Sie ist verheiratet und hat Zwillinge."

„Aber das ist doch schön für sie, ein Grund zur Freude, oder etwa nicht?"

Er sah Ben neckisch in die Augen, und sagte dann:

„Tja, alte Liebe rostet nicht, oder? Weißt du was? Ich habe mit so etwas schon gerechnet."

„Wirklich? Ich nämlich nicht!"

„Weil du es nicht *wolltest*! Aber die Gefühle waren trotzdem da."

„Meinst du?"

„Ja! Also erzähl! Wie ist das alles passiert?"

Ben schilderte in allen Einzelheiten den Verlauf des Abends: wie sie sich versöhnt hatten und wie es durch einen launigen Zufall dazu gekommen war, dass sie zusammen getanzt hatten, dass sie ihn immer wieder mit diesem speziellen Blick angesehen hatte und wie plötzlich alte Gefühle in ihm hochgekommen waren.

„Anscheinend ging es ihr auch so", sagte Max daraufhin. „Nach dem, was du erzählst, hat sie den Abend auch sehr genossen und in nostalgischen Gefühlen geschwelgt."

„So kam es mir vor."

„Aber gut. Die Fronten sind nun geklärt, und das Wichtigste ist, dass du endlich Frieden finden kannst. Jetzt musst du sie eben loslassen."

Ben nickte.

„Eine Sache finde ich allerdings bemerkenswert."

„Nämlich?"

„Dass du so viele bedeutsame Dinge so massiv verdrängt hast. Ich meine, als wir auf Kreta waren, hast du mir erzählt, dass deine Arbeitswut, dein Alkoholkonsum und deine Neigung zum Rückzug erst *nach* der Trennung begonnen haben – oder besser gesagt: dass sie die Folge davon waren."

„Ja, und ich habe auch nicht gelogen. Ich war fest davon überzeugt."

„Und nun stellt sich heraus, dass das alles schon deutlich früher begonnen hat."

„Anscheinend. Und tatsächlich ist es ganz schön verwunderlich, dass ich mich an all das nicht mehr erinnert habe."

„Verwunderlich – ja. Und dann auch wieder nicht."

„Inwiefern?"

„Nun: Trinken und Arbeitswut – da sind Süchte oder zumindest suchtähnliche Prozesse am Werk. Rückzug ist ein typisches Symptom der Sucht. Ein anderes typisches Symptom ist Verleugnung des Problems – bis hin zu Lüge und Selbstbetrug. Vermutlich hast du in dieser ganzen Zeit, als eure Beziehung in die Krise geraten ist, vor dir selbst verleugnet, dass es da ein Problem gibt. Also, dass du ein Problem mit dir selbst hast – ein Suchtproblem. Camilla hast du immer gesagt, dass du eben viel zu tun hast."

„Ja, das stimmte ja auch. In meiner Branche arbeiten alle so hart. Zumindest die, die vorwärts kommen wollen."

„Das ist richtig. Trotzdem können wir uns jederzeit entscheiden, wie wir leben wollen. Zumindest zum Teil. Du hättest jederzeit sagen können: Das ist mir alles zu viel. Ich wechsle die Branche."

„Hmm...", machte Ben.

„Das Leben, das wir heute führen, ist das Ergebnis der Entscheidungen, die wir getroffen haben, Ben. Niemand hat dich gezwungen: Du hast dich selbst dorthin manövriert. Und genau genommen war es damals auch *deine* Entscheidung, Camillas Unzufriedenheit und ihre Weckrufe zu ignorieren."

„Verdammt!", sagte Ben. „Das bedeutet ja, dass ich *tatsächlich* selbst schuld bin, dass sie mich betrogen hat..."

„Naja", beschwichtigte Max. „Zumindest zum Teil."

„Oh Mann!", murmelte Ben zerknirscht. Diese Erkenntnis tat weh.

„Gräm dich deswegen nicht, Ben. Damals hast du getan, was in deiner Macht stand. Und dadurch, dass du mit Sucht zu tun hattest, warst du auch nicht völlig Herr deiner Entscheidungen. Vor Gericht wird bei Süchtigen eine verminderte Schuldfähigkeit anerkannt. Vielleicht tröstet dich das."

Ben nickte.

„Aber eins kann man ganz klar festhalten“, sagte Max, „es war die Sucht, die deine Beziehung zerstört hat. Du wärst nicht der erste Mensch, dem das passiert. Aber was man an deinem Fall sehen kann, ist, dass man nicht erst schwere Räusche und schlimme Dramen mit massenweise Alkohol haben muss, um eine Beziehung kaputt zu kriegen. Es reichen schon die Auswirkungen einer vergleichsweise geringen Abhängigkeit.“

„Das tut schon weh, das jetzt zu erkennen.“

„Ja, das tut weh. Niemand wüsste das besser als ich. Aber jetzt gilt es, die richtigen Konsequenzen daraus zu ziehen: Du hast erkannt, wie sehr die Abhängigkeit dein Leben sabotiert hat. Und nun bist du dabei, dich daraus zu befreien. Lass dir das Ganze eine Lehre sein, nicht mehr in diese Falle zu tappen!“

Ben stimmte zu, und der Gedanke erleichterte ihn.

„Und weißt du was? Gestern hast du die ersten Früchte deines neuen Lebensweges geerntet.“

„Ja? Inwiefern?“

„Camilla hat gesehen, dass du dich verändert hast. Du standst vor ihr als der Ben, den sie sich damals so sehnlich gewünscht hat: Lebendig, klar im Kopf, und du warst offen für sie, hast dich intensiv mit ihr ausgetauscht und deine Emotionen ehrlich mit ihr geteilt. Du hast mit ihr wieder eine tiefere Verbindung aufgebaut. Und das hat ihr gefallen.“

„Ja, so wird es gewesen sein.“

„Und das ist großartig, Ben! Denn damit hast du die Grundlage geschaffen, eine gesunde Beziehung zu führen."

„Zu blöd nur, dass sie nicht mehr zu haben ist."

„Lass sie los! Es wird andere geben!"

„Wir werden sehen."

„Tja", sagte Max und sah ihn bedeutungsvoll an. „Und jetzt gibt es für dich noch eine andere wichtige Sache zu erledigen!"

„Okay? Und welche wäre das?"

„Denk mal scharf nach, Ben", schmunzelte der Alte, „dann kommst du bestimmt von selbst darauf."

*

Drei Tage später betraten Ben und Max das Flughafengebäude in Ciampino. Die letzten Tage hatten sie mit Sightseeing verbracht, und Ben war es gelungen, sich abzulenken und die Enttäuschung zu verarbeiten. An ihre Stelle war nun ein Gefühl der Befreiung und inneren Leichtigkeit getreten.

Sie suchten nach ihrem Check-In-Schalter und stellten sich ans Ende der Schlange. Mit Absperrband geordnet standen die Menschen serpentinenartig in parallelen Reihen. Vor ihnen warteten sicherlich an die hundert Fluggäste, sodass sie Geduld haben mussten.

„Was für eine aufregende Reise!", sagte Ben.

„Ja, finde ich auch."

„Danke nochmal, dass du mich dazu animiert hast und dass du mitgekommen bist!“

„Das habe ich gerne gemacht“, gab Max lächelnd zurück. „Ich habe diese Tage sehr – “

Plötzlich unterbrach sich der Alte und schaute mit einem Ausdruck größter Verblüffung ans Ende der nächsten Schleife ihrer Warteschlange.

„Was ist?“, fragte Ben verwundert.

Max sagte nichts, und Ben versuchte auszumachen, was den Alten so aus der Ruhe gebracht hatte. Da fiel sein Blick auf eine kleine, zierliche, adrett gekleidete ältere Dame mit braunen Augen, die im hereinscheinenden Sonnenlicht golden leuchteten. Ihre rotblonden Haare, die vermutlich gefärbt waren, trug sie hochgesteckt. Offenbar war sie allein unterwegs. Einen Augenblick lang überlegte Ben, bis endlich der Groschen fiel.

„Moment...“, sagte Ben mit gedämpfter Stimme, „meinst du, das ist *sie*?!“

„Ich weiß nicht... wir müssen warten, bis sie näher kommt.“

Die Anordnung der Schlange brachte es mit sich, dass die Wartenden der nächsten Schleife praktisch auf sie zukamen.

Max bemühte sich tapfer, nicht so hinzustarren, und als Ben merkte, wie nervös der Alte wurde, musste er ein bisschen grinsen. Die Schlange bewegte sich nur langsam.

„Also wenn sie es ist“, sagte Max, „dann wäre es ja doppelt und dreifach verrückt, dass wir sie ausgerechnet auf einem Flug nach Berlin treffen.“

„Dea ex Machina!", sagte Ben. „Dann ist endgültig klar, dass Venus ihre Finger im Spiel hat."

Max lächelte matt – er war eindeutig zu nervös, um über Bens Bemerkung zu lachen. Aber konnte das wirklich sein? Hatten sie Max' Jugendliebe tatsächlich gefunden?

Als die Dame schließlich ein deutliches Stück näher kam, fragte Ben:

„Und? Ist sie es?"

„Es könnte sein... ich bin mir nicht sicher."

Es dauerte eine Weile, und schließlich kam die Dame so nah, dass man ein Gespräch anfangen konnte.

„Sprich sie an!", flüsterte Ben.

Max rührte sich nicht.

„Na los!"

Schließlich überwand Max seine Erstarrung, winkte dezent mit der Hand, sodass die Frau sich zu ihm umwandte, und er fragte:

„Giulia?"

Die Angesprochene nahm einen verdutzten Gesichtsausdruck an und sagte verwundert mit leicht heiserer Altstimme:

„No...?"

„Entschuldigung!", sagte Max und verbesserte sich dann: „Scusi!"

„Ich spreche auch Deutsch!", erwiderte sie mit italienischem Akzent – und mit einem überraschend hübschen Lächeln. „Suchen Sie jemanden?"

„Nein nein", erwiderte Max. „Ich dachte nur..."

„Sie haben in Rom Urlaub gemacht?“, fragte die Dame.

„Ja richtig!“

„Ah Rom!“, schwärmte die Dame. „Ich bin immer glücklich, wenn ich in meine alte Heimat komme. Aber ich lebe seit über 40 Jahren in Berlin und muss jetzt auch wieder zurück. Leben Sie auch dort?“

„Ja!“, entgegnete Max, dessen Miene sich während dieser kleinen Unterhaltung zunehmend aufhellte. Ben grinste in sich hinein, denn man musste schon ziemlich blind sein, um nicht zu merken, dass diese beiden Leute sich gefielen. Die zwei setzten ihren Small Talk fort, bis sie durch die Bewegung der Warteschlange wieder auseinandergerissen wurden.

„Eine Römerin!“, neckte Ben den Älteren. „Wie es aussieht, hält der Trevibrunnen vielleicht doch noch sein Versprechen!“

Max grinste und sagte:

„Warten wir es mal ab...“

*

In Berlin angekommen bestiegen sie ein Taxi. Im Flieger hatte es sich ergeben, dass der Platz neben der Dame frei geblieben war, und Max hatte sich für den größten Teil der Strecke neben sie gesetzt. Nun ließ Ben sich ausführlich von ihrem Gespräch erzählen. Sie hieß Paola, war wie Max verwitwet und seinerzeit mit ihrem Mann nach Berlin gezogen, weil er dort Arbeit gefunden hatte. Sie selbst hatte als Übersetzerin gearbeitet und war nun in Rente. Einsam war sie indessen nicht – sie hatte einen großen Freundeskreis in der italienischen Community in Kreuzberg, wo sie lebte. Einige Gemeinsamkeiten hatten sie auch schon entdeckt: Sie war auch musikalisch und spielte Klavier. Außerdem hatten ihre Musik-Vorlieben einige Überschneidungen.

„Max, das hört sich großartig an!", sagte Ben.

„Ja!", sagte Max und schmunzelte selig.

„Ich drück dir die Daumen, dass das mit euch was wird!"

Vor Max' Haus verabschiedeten sie sich kurz und herzlich, und Ben fuhr weiter nach Hause.

Während er den Koffer auspackte und sich in seiner Wohnung wieder häuslich einrichtete, dachte er an die ereignisreichen letzten Tage, an seine Begegnung mit Camilla, und ein freudiges, friedvolles Gefühl durchströmte ihn. Dann gingen seine Gedanken in eine andere Richtung, und er wurde nervös. Morgen stand eine denkwürdige Verabredung bevor – ein längst fälliges Treffen, das er nach dem Hinweis von Max bereits von Rom aus in die Wege geleitet hatte. Wie würde diese Begegnung ablaufen? Was würde dabei herauskommen?

In dieser Nacht schlief Ben wieder unruhig. Den folgenden Tag verbrachte er damit, einen langen Spaziergang an der Havel zu machen und sich gedanklich auf das Treffen am Nachmittag vorzubereiten.

Als es soweit war, fuhr Ben mit seinem Wagen zum verabredeten Treffpunkt: einem Café unweit des Winterfeldtplatzes in Berlin-Schöneberg. In diesem Café hatten sie oft gesessen und viel geredet.

Ben parkte den Wagen nicht allzu weit vom Café entfernt und stieg aus. Er mochte diese Gegend. Hier wimmelte es von netten Cafés, Bars und Restaurants, in denen sich ein buntes Szenevölkchen tummelte. Während er auf das Café zuhielt, glaubte er ihn zu erkennen. Wenn er es war, hatte er sich allerdings stark verändert. Ben sah noch einmal genauer hin, dann war er sicher: Es war Dennis.

Zu seiner Überraschung hatte er kurze Haare, während er früher einen dunkelblonden Pferdeschwanz zu tragen pflegte. Er trug ein kariertes Sakko zu schwarzen Jeans – auch das war anders als früher: Damals hatte er auf einen entschieden lässigeren Look gesetzt – mit Hoodies und viel zu weiten Jeans.

Er entdeckte Ben und kam auf ihn zu.

„Hi Dennis!", sagte er und streckte ihm lächelnd die Hand entgegen.

„Ebenfalls hi", erwiderte der Angesprochene, nahm die Hand und drückte sie kurz. „Ich habe nicht mehr damit gerechnet, dass wir uns je wiedersehen."

Auch Dennis lächelte – wenngleich verhalten.

„Wollen wir uns setzen?", schlug Ben vor.

„Klar! Da vorne sind noch ein paar Plätze frei."

Das Café hatte auch einen Außenbereich: Fünf Tische standen vor der Hauswand, von denen einer am Rand frei war. Sie ließen sich nieder, der Kellner kam, und sie bestellten: Dennis frisch gezapftes Pils, Ben einen alkoholfreien Cocktail.

„Aha...“, machte Dennis und grinste amüsiert. „Hast du nicht sonst immer Rotwein getrunken?“

„Du hast ein gutes Gedächtnis. Ja stimmt. Aber ich trinke nicht mehr.“

„Wirklich nicht? Wie kommts?“

„Ich habe einfach gemerkt, dass mir das gesundheitlich nicht gut tut. Seit ich nicht mehr trinke, fühle ich mich viel fitter und entspannter.“

„Hmm...“, machte Dennis. „Beeindruckend. Ich habe auch schon öfter mal dran gedacht, das zu lassen. Aber ganz ehrlich: Ohne mein Bierchen am Abend... nein! Das kann ich mir einfach nicht vorstellen.“

Ben hätte darauf eingehen und erzählen können, was er gelernt hatte. Aber er verzichtete darauf und sagte nur:

„Jeder muss das so machen, wie es für ihn – oder sie – richtig ist.“

Dennis nickte und sagte:

„Okay, ich brenne darauf zu erfahren, warum du mich kontaktiert hast – nach so langer Zeit! Schieß los.“

„Ich habe viel nachgedacht. Und mir ist Einiges klar geworden. Vor allem eins, Dennis. Ich denke, dass eine Entschuldigung fällig ist.“

Dennis stöhnte:

„Ernsthaft jetzt?“

„Ja, ernsthaft“, erwiderte Ben. „Es ist höchste Zeit, dass ich dich um Verzeihung bitte.“

„Moment...“, gab Dennis zurück und setzte sich in

seinem Stuhl aufrecht hin. „Du meinst... *du* willst dich *bei mir* entschuldigen...?“

„Genau das!“

„Oh... okay... und wofür genau?“

„Ich habe dich im Stich gelassen. Ich habe unsere Freundschaft beendet. Inzwischen habe ich erkannt, dass das ein Fehler war.“

Dennis nickte irritiert.

„Unsere Freundschaft hat mir immer sehr viel bedeutet, Dennis, ich habe danach lange Zeit niemanden mehr getroffen, mit dem ich mich so gut austauschen konnte. So eine Freundschaft ist etwas Seltenes. Wertvoller als alles andere. Und deswegen will ich sie zurück haben.“

„Wow!“, machte Dennis. „Mir fehlen gerade die Worte.“

In diesem Moment brachte der Kellner die Getränke. Als er wieder verschwunden war, setzte Dennis wieder an:

„Und du bist mir gar nicht mehr böse oder so?“

„Ich *war* dir böse, und zwar *verdammt* böse. Aber inzwischen ist Einiges passiert, und ich habe meine Haltung geändert.“

„Was genau ist passiert?“

„Viel. Unter anderem habe ich Camilla getroffen. In Rom.“

„Nein! Im Ernst?“

„Ja, tatsächlich. Und ich habe mich mit ihr ausgesöhnt.“

„Das musst du mir erzählen!“

Daraufhin schilderte Ben ausführlich von seiner Reise nach Rom und dem Abend mit seiner Ex-Verlobten.

„Ich muss sagen, ich bin wirklich beeindruckt, dass du das gemacht hast. Das heißt, du hast auch ihr verziehen?"

„Ja, vollkommen."

„Ich weiß nicht, ob ich das könnte. Ich meine, ich kann mir nur schwer vorstellen, wie sich das anfühlt, wenn man betrogen wurde."

„Umso schlimmer, dass du das mit mir gemacht hast", grinste Ben.

„Ben, ich weiß, das ist keine Entschuldigung, aber ich war angetrunken und..."

„Ist schon okay."

„Nein, lass mich das erklären... Weißt du, ich war immer ziemlich neidisch auf dich... Camilla ist eine umwerfend hübsche Frau. Trotzdem hätte ich mir nie einfallen lassen, mit ihr was anzufangen. Ich bin nämlich normalerweise hundertprozentig loyal."

„Aber?"

„Aber dann hat sich Einiges verändert. Seit du angefangen hattest bei dieser Produktionsfirma zu arbeiten, hattest du kaum noch Zeit. Ich meine, erinnerst du dich? Früher hatten wir uns mindestens zweimal in der Woche getroffen. Und plötzlich sahen wir uns bestenfalls noch alle zwei, drei Monate. Du warst nur noch gestresst, und ich hatte zunehmend das Gefühl, ich hätte meinen besten Freund verloren."

„Also ging es dir wie Camilla...", warf Ben ein.

„Genau das."

Ben nickte.

„Ich weiß, dass ich dir damals sehr weh getan habe. Und ich wollte mich wirklich bei dir entschuldigen. Aber du hast mich komplett abgeblockt, meine Anrufe nicht erwidert, meine Mails nicht beantwortet... du warst einfach weg. Und eins kann ich dir sagen: Du hast mir verdammt gefehlt!"

„Ich weiß, dass es dir leid tut. Entschuldigung akzeptiert!"

Daraufhin nahm Dennis Ben kurz, aber herzlich in den Arm.

„Bei mir wird jetzt Vieles anders werden, Dennis, und ich verspreche dir, dass ich weniger arbeiten und mir mehr Zeit für meine Freunde nehmen werde!"

„Guter Plan! Aber eins musst du mir jetzt mal verraten: Woher kommt dieser ganze Sinneswandel?"

Ben erzählte ihm von seiner Begegnung mit Max und was sie bei ihm ausgelöst hatte. Dennis hörte aufmerksam zu und sagte schließlich:

„So einen Max könnte ich auch gut gebrauchen. Bei mir ist sicher auch Einiges im Argen."

Er sah Ben an, grinste breit und fügte hinzu:

„Ich bin froh, dass wir die Sache geklärt haben!"

Ben hob sein Glas zum Anstoßen und sagte:

„Dennis, ich glaube, das ist der Beginn von Teil zwei einer wunderbaren Freundschaft!"

*

Am folgenden Tag traf Ben sich mit Max am Schlachtensee zu einem Spaziergang. Nachdem sie sich am Parkplatz begrüßt hatten, sagte der Alte geheimnisvoll:

„Ich habe eine kleine Überraschung für dich!"

„Ach ja? Was ist es?"

„Es wird dir gefallen. Aber erst mal musst du erzählen! Wie ist es gelaufen mit Dennis?"

Ben berichtete.

„Ich gratuliere dir!", sagte Max, als der Jüngere geendet hatte. „Da hast du einen riesigen Schritt nach vorne geschafft – dein Therapeut wird stolz auf dich sein!"

„Bestimmt!", lachte Ben. „Und was gibt es Neues von Paola?"

„Wir haben telefoniert. Und werden uns bald treffen!"

„Das ist toll! Und ist diesmal der Funke übergesprungen?"

„Wer weiß?", schmunzelte Max. Und Ben kam es so vor, als wäre der Ältere ein wenig rot geworden.

„Ich freu mich sehr für dich!"

„Danke!", gab Max zurück und fuhr dann fort: „Aber zurück zu dir! Jetzt gibt es nämlich noch eine Sache, die du in Ordnung bringen solltest."

„Nämlich?"

„Dein Liebesleben!", sagte Max mit einem gewissen Blick.

„Tja..."

„Denkst du noch an Camilla?" Noch immer schmunzelte er.

„Manchmal. Ein bisschen. Aber sag mal, warum grinst du so?"

„Naja... es hat was mit meiner Überraschung für dich zu tun."

„Wie? Moment... hast du Camilla etwa wieder mit deinem reifen Charme bezirzt?"

Max grinste noch breiter:

„Nein. Aber was ich habe, ist vermutlich noch viel besser!"

„Okay, jetzt sag schon!"

„Na gut! Also... ich habe eine Möglichkeit gefunden, wie du *Orange Juice* wiedersehen kannst – zumindest mit ein bisschen Glück!"

*Orange Juice...* An sein Tinder-Date hatte Ben gar nicht mehr gedacht. Aber der Gedanke an sie löste ein prickelndes Gefühl bei ihm aus.

„Und? Wie?", fragte er Max.

„Naja... als ich euch beide in dem Café zusammen gesehen habe, da hatte ich ein ausgesprochen gutes Gefühl. Man konnte schon von Weitem merken, dass die Chemie zwischen euch stimmte. Als du dann meintest, du hättest ihre Kontaktdaten weggeworfen, war ich ernsthaft schockiert – und fand es wahnsinnig schade, denn wenn man mal das Glück hat, so jemanden zu treffen, dann sollte man nicht lange zögern und zugreifen!"

„Okay, und wie kann ich sie nun wiedersehen?"

„Gestern habe ich wieder an sie denken müssen, und da habe ich mit meiner Mutter darüber gesprochen und sie gefragt, was man da machen kann. Und habe etwas Interessantes herausgefunden!"

„Und zwar?", fragte Ben ungeduldig.

„Du wirst lachen: Es ist denkbar einfach! Du musst dein Profil bei Tinder löschen und ein neues anlegen. Das hat zur Folge, dass dir alle Damen, mit denen du zuvor kein Match hattest – oder mit denen du das Match aufgelöst hast – erneut angeboten werden. Du kannst also bei Tinder von vorne anfangen und noch einmal nach ihr suchen!"

„Wirklich? Wieso bin ich nicht darauf gekommen?"

„Es gehört natürlich eine Portion Glück dazu. Erstmal muss sie überhaupt noch bei Tinder sein, und dann darf sie dich nicht wegwischen!"

„Tja, und das ist vermutlich der Haken bei der Sache. Denn warum sollte sie mich nicht wegwischen, nachdem ich sie einfach habe fallen lassen?"

„Schon wahr. Trotzdem solltest du es versuchen!"

*

Zuhause angekommen dachte Ben darüber nach. Wie hoch waren seine Chancen, dass *Orange Juice* ihn trotz allem noch einmal liken würde? Ihm war klar, dass er sich etwas wirklich Besonderes einfallen lassen musste. Er überlegte eine Weile, bis ihm eine Idee kam, die ihm gefiel...

In den kommenden Tagen ließ er sich einen Bart stehen, bis er voll genug war. Er schor ihn mit dem

Trimmer zurecht, bis ein ansehnlicher Gangsterbart übrig blieb. Dann folgte der nächste Schritt, der ihn einige Überwindung kostete, weil er doch ziemlich radikal war: Er setzte den Trimmer am Haaransatz an und fuhr sich damit über den Kopf, sodass die Haarbüschel nur so runter rieselten. Wenige Minuten später war er kahlköpfig. Er sah in den Spiegel und brauchte eine Zeitlang, sich an den Anblick zu gewöhnen. Schließlich fand er, dass ihm dieser Look gar nicht so übel stand.

Aber etwas fehlte noch. In den letzten Tagen hatte er sich eine Brille besorgt sowie einen schwarzen Hut, der fast exakt so aussah wie das Original. Er setzte beides auf, schaute abermals in den Spiegel – und war begeistert: Er sah genau aus wie Heisenberg alias Walter White aus Breaking Bad! Unter dem Hut konnte man gut die kahl rasierten Seiten sehen, und das sah schon ziemlich beeindruckend aus. Eigentlich hätte er für den perfekten Look eine Sonnenbrille tragen müssen, aber dann hätte die Safttrinkerin ihn auf den Bildern wohl kaum erkannt. Außerdem hatte Heisenberg ja auch eine normale Brille.

Mithilfe eines Stativs machte er einige Handyfotos in verschiedenen Variationen, bis eins herauskam, das ihm besonders gefiel: Er schaute den Betrachter an mit einem coolen Heisenberg-Blick und prostete ihm dabei mit einem Glas Orangensaft zu.

Schließlich lud er das Bild bei Tinder hoch, gab sich den Nickname *Heisenberg likes Orange Juice* und schrieb ins Profil:

„Wenn du eine charmante, intelligente Musiklehrerin bist, das hübscheste Lächeln östlich der Havel hast und gerne Orangensaft trinkst, dann freue ich mich auf unser Match!“

Nachdem er das Profil fertiggestellt hatte, begann er, sich durch das Damenangebot zu swipen. Da er kein Premium-Mitglied war, hatte er täglich nur eine begrenzte Anzahl von Angeboten, und so war seine Auswahl bald erschöpft. Frustriert musste er sich in Geduld üben. Doch auch an den folgenden beiden Tagen blieb er ohne Match. Vielleicht hatte sie sich längst abgemeldet? Oder hatte sie ihn schon gesehen und weggewischt?

Aber dann, endlich, am vierten Tag, erschien ihr strahlendes Lächeln auf dem Display, und er bekam einen freudigen Schrecken. Eine Weile lang wagte er nicht, ihr Bild nach rechts zu wischen. Was, wenn sie ihn nicht ebenfalls wieder gelikt hatte? Was, wenn seine Hoffnung vergeblich war? Schließlich gab er sich einen Ruck und wischte...

... und hatte ein Match!

Sie hatte sogar schon eine Nachricht geschrieben:

„Netter Look, Heisenberg.“

„Danke!“, schrieb er zurück. „Wie geht es dir?“

Bereits nach wenigen Minuten kam ihre Antwort:

„Abgesehen davon, dass ich geghostet wurde, eigentlich ganz gut. Was verschafft mir die unverhoffte Ehre?“

„Das ist eine lange Geschichte. Wenn du willst, erzähle ich es dir. Das Wichtigste ist: Ich habe einen Fehler gemacht und wünsche mir, dass du mir eine zweite Chance gibst. Darf ich dich zu einem Glas Orangensaft oder einem Earl-Grey-Tee einladen?“

Es dauerte wieder einige Minuten, bis die Antwort kam:

„Normalerweise würde ich mich nicht mehr um jemanden scheren, der so was gemacht hat. Aber irgendwie hatte ich ein gutes Gefühl bei dir. Und da du dir schon meinetwegen den Kopf rasiert hast, will ich schon gerne wissen, warum. Also, wenn wir uns treffen, dann hoffe ich sehr, dass mich deine lange Geschichte überzeugt. Ansonsten wars das!!!“

„Okay, großartig! Aber ich muss dich warnen: Es ist wirklich eine sehr lange Geschichte!“

„Ich bin gespannt, sie zu hören.“

# Nachwort

Ich hoffe, du hattest eine gute Zeit mit diesem Buch!

**Bitte hinterlasse eine Bewertung bei Amazon!**
**Oder noch besser eine Rezension.**

**Vielen Dank!**

**Die Geschichte von Ben und Max**

**geht weiter!**

## Der alte Mann und der Sinn

*Von der Kunst Erfüllung zu finden*

Für Ben bleibt es aufregend: Das Wiedersehen mit „Orange Juice“ steht bevor. Wer genau ist die Frau mit dem ungewöhnlichen Nickname? Wird es ihm gelingen, sie von seiner Vertrauenswürdigkeit zu überzeugen, nachdem er sie geghostet hat? Und ist er selbst bereit für eine neue Liebe?

Schon bald muss Ben sich eingestehen, dass seine Konfrontation mit der Vergangenheit noch nicht abgeschlossen ist. Max macht ihm klar, dass es für ihn wichtig ist, mit einem ganz bestimmten Menschen reinen Tisch zu machen. Die Suche nach dieser bedeutsamen Person führt Ben und Max auf eine weitere Reise. Eine Reise, die Ben die Chance bietet, endlich Frieden zu finden – und den Sinn seines Lebens.

# Auf dem Laufenden bleiben

Möchtest du informiert werden, wenn neue Titel von mir erscheinen oder andere Neuigkeiten erfahren? Dann abonniere meinen Newsletter.

**Besuche meine Website:**
www.sommer-philipp.de

Hast du Fragen, Kommentare oder Anregungen? Oder sind dir Fehler aufgefallen? Auch damit bist du auf meiner Website richtig!

Zu guter Letzt wünsche ich dir alles Gute und natürlich ein großes Stück vom Glück!

Herzlichst,
Philipp Sommer

## Impressum

Philipp Sommer
c/o skriptspektor e. U.
Robert-Preußler-Straße 13 / TOP 1
5020 Salzburg
AT - Österreich

## Kontakt

Nutze bitte statt der Postadresse meine E-Mail-Adresse:

philippsommer1@gmx.net

Printed in Germany
by Amazon Distribution
GmbH, Leipzig

27987424R00109